어쩌면 지금

성보경 연작소설

# 어쩌면 지금

내가 태어나고 동생이 태어난 그 집.
나와 동생의 태를 묻었던 곳.
회벽에 했던 낙서는 아직 있을까.

문학들

| 차례 |

푸른 넥타이

금희 언니가 목을 맸다.

나까무라 씨 넥타이로 목을 매고 숨을 끊었다.

부활절 아침이었다. 전화를 받는 엄마 얼굴이 하얗게 질렸다. 수화기에서 다급한 목소리가 새어 나왔다. 금희 언니가 세 들어 사는 주인집 여자가 우리 집으로 전화한 거였다. 비상 연락으로 우리 집 전화번호를 가르쳐 준 모양이었다. 세상에, 우짜겠노, 엄마는 전화를 끊었다. 아버지는 부활절 열 시 미사에 가려다 마당에 멈추어 서서 엄마를 쳐다보며 말했다.

퍼떡 안 가고 머 하노!

아, 갑자기 배가 와 이리 살살 아푸노, 니가 좀 갔다 온나.

엄마는 인상을 찡그리며 곁에 있는 나를 쳐다보았다.

그기 아한테 시킬 일이가?

벤소부터 좀 갔다가…… 엉겁결에 전화를 받은 엄마는 진도댁에게 연락을 안 해 줄 수도 없고, 집으로 찾아가기도 난처한 모양이었다.

아버지는 엄마가 변소에서 나올 때까지 마당에 서서 기다렸다. 똥을 눌 시간만큼 오래 있을 줄 알았는데 오줌 눌 시간만큼이 지나자 엄마는 변소에서 나왔다.

사람이 죽었다는데 뭘 꾸무적대노. 빨리 가서 연락해 주라.

아버지는 엄마를 다그쳤다.

가요 가! 머리라도 빗고 가야지.

엄마는 거울 앞에서 옷매무새를 다듬었다. 라면같이 뽀글뽀글한 파마머리를 손으로 만지며 최대한 늑장을 부렸다.

퍼뜩 안 가나!

아버지가 다시 소리쳤다.

그 여편네는 말라꼬 우리 집에 전화해서…… 엄마가 구시렁거렸다. 엄마와 진도댁은 근래 말도 하지 않고, 왕래도 않고 지낸다. 그런 걸 아버지는 모른다.

엄마가 채비를 차리자 아버지는 대문을 나섰다. 같이 갑시다, 엄마는 나들이 가는 양 아버지 팔짱을 꼈다. 엄마, 목욕은? 나는 마루에서 큰소리로 외쳤다. 챙겨서 아지매 집으로 온나. 엄마는 뒤돌아보지 않고 말했다. 아침밥을 먹고 엄마와 나는 목욕탕에 가려던 참이었다. 오늘 목욕탕에 못 가면 또 일주일을 기다려야 했다. 그래서 부활절 미사도 저녁에 참석하기로 했다. 큰방에는 아침밥을 먹은 밥상이 퍼질러져 있었다. 김치 냄새와 갈치 비린내가 방 안에 진동했다. 부활절 달걀 껍데기가 상에 놓여 있었다. 노른자 반숙이 방바닥으로 흘러내릴락 말락 했다. 딱 사 분만 더 참고 기다렸으면 맛있는 완숙이 되었을 텐데, 아쉬웠다. 나는 교복으로 갈아입었다.

요즈음 학생들이 유흥가에 드나든다며 근래 학교에서 사복 단속이 심했다. 나는 교복을 입고 대야에 목욕 용품을 챙겼다. 샛길로 바삐 걸었다. 양은 대야에 든 비눗갑이 따그닥따그닥거렸다. 타작마당에서 엄마를 만났다. 우리는 진도댁 집으로 가는 골목으로 들어섰다. 엄마 는 진도댁 문 앞에 뻘쭘하게 선 채 말했다.

금희 주인집 여자한테서 전화 왔어. 빨리 금희한테 가 봐라. 뭔 일 이 생겼는 갑더라. 부엌 아궁이 앞에 쪼그려 앉은 진도댁은 아궁이 밖 으로 비어져 나온 불붙은 나무 조각을 부지깽이로 집어 아궁이 안에 넣었다. 그리고는 엄마를 흘깃 쳐다보더니 고개를 획 돌렸다. 진도댁 은 부지깽이로 아궁이를 뒤적거렸다. 마른 아카시아 나뭇가지를 손으 로 분질러 아궁이 속에 넣었다. 누군가의 팔이나 다리를 분질러 불쏘 시개로 던져 넣는 느낌이었다.

금희가아, 금희가 죽었다고 안 하나.

진도댁은 엄마가 아침부터 재수 없게 뭔 시비를 걸려고 왔는가 하 는 표정이었다. 여차하다가는 우리를 향해 소금이라도 뿌릴 기세였다.

니는 딸이 죽었다 하는데도 그라나!

엄마가 빽 소리를 질렀다.

뭣이여?

그제야 진도댁은 일어나 엄마를 바라보았다. 엄마는 자초지종을 설명했다. 진도댁은 못 믿겠다는 표정이었다. 그래도 버름한 사이라 고는 해도 엄마가 헛말을 하러 예까지 찾아오지는 않을 거로 생각하 는 듯했다.

참말이랑가?

긴지 아인지 가 봐야 알 거 아이가. 그 사람이 잘못 보고 말했으모 천만다행이고.

참말입미더.

나는 곁에서 말을 거들었다.

얼굴이 샛노랗게 변한 진도댁은 그래도 못 미더운지 엄마의 말을 반은 믿고 반은 안 믿는 듯했다. 진도댁은 하던 일을 그대로 놓아둔 채 일어서서 길을 나섰다. 앞서가던 진도댁이 멈추어 섰다. 뒤돌아 엄마를 흘깃 쳐다보더니 걸음을 다시 빨리했다. 삼거리, 문방구 앞으로 코로나 택시가 천천히 지나갔다. 택시 잡아라. 엄마가 뒤에서 소리쳤다. 진도댁은 택시는 거들떠보지도 않고 앞만 보고 걸었다. 택시비가 부담스러운 모양이었다. 기름집 앞에서 진도댁이 휘청 넘어지려고 했다. 이마에 식은땀이 맺히고 얼굴이 백지장이었다. 안 되겠다. 내하고 같이 가자, 엄마가 진도댁의 팔을 붙잡았다. 진도댁이 뿌리쳤다. 나는 목적지 방향이 같아서 엄마가 목욕탕에 가는 줄 알았다. 진도댁이 앞서가고 엄마와 나는 두 걸음 뒤에서 갔다. 전도관을 지나 목욕탕 앞이었다. 우리 고마 목욕탕에 가자, 나는 엄마 팔뚝을 붙잡으며 작은 소리로 말했다. 놔라, 엄마는 짜증을 냈다. 니가 저 속을 알것나. 엄마가 작은 소리로 말했다. 엄마는 진도댁 곁에서 버스 승차장을 향해 걸었다. 내가 걸을 때마다 비눗갑이 양은 대야에 부딪히며 따그닥따그닥 소리를 냈다. 부딪힌 자리가 아파서 우는 소리로 들렸다.

북마산 가는 시내버스가 왔다. 앞에 선 진도댁이 호주머니를 뒤지며 돈을 찾았다. 오라이, 차장이 손바닥으로 버스 문을 탕탕 두드리며 인상을 구겼다. 버스가 막 출발하려고 하자 진도댁 뒤에 서 있던 엄마가 잽싸게 앞으로 왔다. 한 발을 버스 계단에 턱 올렸다. 차비 여 있다. 차장에게 내밀었다. 목욕비로 세 사람 차비를 냈다.

나중에 줄랑께.

진도댁이 버스 기사 뒷좌석에 앉으며 퉁명하게 말했다.

마, 됐다.

엄마가 진도댁 뒤에 앉으며 말했다.

평소라면 진도댁이 차비를 나중에 준다고 말하지는 않았을 것이다. 차비 정도는 은근슬쩍 엄마에게 떠넘겼을 것이고 엄마 또한 그러려니 하고 감수하는 편이었다. 엄마는 얼른 바로 뒷좌석에 지갑을 탁 던졌다. 뒤에 오던 아주머니가 앉으려고 하자 우리 딸 자리요, 엄마가 소리쳤다. 아주머니가 엉거주춤 동작을 멈췄다. 앉으세요. 나는 엄마 앞에 서서 버스 손잡이를 잡았다. 엄마 때문에 창피했다. 시내버스 전세 냈느냐고.

진도댁은 창밖으로 고개를 돌렸다. 눈물이 볼로 흘러내리자 손등으로 훔쳤다. 독한 년, 진도댁이 혼잣말을 중얼거렸다. 나는 손수건이 없어서 대야에 든 큰 수건이라도 건넬까 하다 그것도 실례다 싶어 그만두었다. 진도댁은 우리 식구가 쓰던 낡은 수건이나 떨어진 난닝구를 가져가 쓰곤 했다. 폐병쟁이 금희 언니 아버지는 거기에 각혈했다.

금희 언니 아버지는 가포 결핵요양병원에서 죽었다. 진도댁은 병원 측에서 환자를 제대로 돌보지 않아 남편이 죽었다고 억지를 부렸다. 그녀는 병원 바닥에 드러누워 남편을 살려내라, 책임져라, 악을 썼다. 병원에 온 사람들이 웅성웅성 그녀 주위로 몰려들었다. 원무과 직원이 조용히 그녀를 불렀다. 진도댁은 병원 측과 합의했다. 밀린 병

원비 대신 시신을 기증하기로. 진도댁은 남편의 유언으로 시신을 병원
에 기증하기로 했다고 눈물 콧물을 쥐어짜며 가족과 친지에게 말했다.

　장례를 치르고 진도댁은 금희 언니에게 학교를 그만두도록 했다.
나 니 못 갈쳐야. 니 오래비 하나 갈치기도 팍팍한디, 어처께 니꺼정
갈치것냐. 오래비는 남자고 느는 여잔께 니가 양보혀라, 금희 언니를
달랬다. 금희 언니는 오랫동안 울었다. 그리고는 일주일 만에 털고 일
어났다. 금희 언니는 자유수출지역의 일본인 전자 부품 회사에 취직
했다. 나카무라 씨는 금희 언니가 다니는 회사의 이사였다. 그는 간혹
공장에 와서 현장을 둘러보곤 했다. 그러다가 나카무라 씨 눈에 금희
언니가 띄었다.

　금희 언니는 일본인 현지처다.
　금희 언니는 나카무라 씨와 회사 근처, 산호동의 양옥집 이층에 살
림을 차렸다. 나카무라 씨는 금희 언니보다 열여덟 살이 많았다. 부인
과 일찍 상처했고 일본에 자식이 두 명 있었다. 나카무라 씨는 우락부
락하지만 곰살맞았다. 서툰 한국어로 장모님, 장모님, 부르며 진도댁
을 따랐다. 남자 나이 많은 건 좋아야. 여자가 사랑받고 산당께. 재처
라 혀도 일본서 기반도 잡혔고…… 앞으로 돈 걱정 안 하고 호강하고
살 거여. 그러면 됐지. 뭘 더 바라것냐. 진도댁은 금희 언니를 부추겼
다. 금희 언니는 나카무라 씨가 야간 고등학교도, 대학도 보내 준다고
해서, 더 이상 삼교대 근무를 안 해도 될 것 같아서, 야간 근무할 때 각
성제를 안 먹어도 될 것 같아서, 잠을 실컷 잘 것 같아서 나카무라 씨
를 받아들였다. 진도댁은 금희 언니가 몸을 풀고 나면 결혼식을 올릴

거라고, 나카무라 씨와 일본에 가서 살 거라고 말했다. 그러니까 좋은 일만 기다리고 있는 금희 언니가 죽을 이유가 없었다. 더구나 남편인 나카무라 씨 넥타이로 목을 매고서 말이다. 나는 아무리 생각해도 주인집 여자가 잘못 알고 말했을 것 같았다. 교복에 땀이 배어 버스 창문을 약간 열었다. 다음 달이면 하복으로 갈아입겠구나 생각했다.

지난해 하복을 입은 첫날이었다. 길에서 금희 언니를 만났다. 언니는 출근하기 위해 내려오고 나는 학교 가기 위해 올라가는 중이었다. 어, 하복 입었네, 금희 언니는 한참 동안 내 교복을 쳐다보았다. 검은 눈그늘이 내려앉은 얼굴이 피곤해 보였다. 그녀는 한쪽 눈을 가린 머리카락을 쓸어 올렸다. 흰 블라우스 사이로 팔 안쪽에 까만 점 같은 피딱지가 보였다. 언니야, 팔에 그기 머꼬? 다쳤나? 아, 이거 바늘 주사 자국. 그녀는 계면쩍게 대답했다. 나는 이해가 되지 않아 그녀를 멀뚱히 쳐다보았다. 으응, 일하다 깜빡 졸면 기계에 손을 다칠 수 있거든. 잠을 쫓기 위해 바늘로 찌른 거야…… 언니야, 조심하거래이. 그녀는 늦었다며 바삐 내려갔다. 그녀가 걸을 때마다 허리에 닿은 긴 머리가 찰랑찰랑 춤을 추었다. 귀밑으로 싹둑 자른 내 단발머리와 비교되었다. 금희 언니가 학교 다닐 때였다. 금희는 잠도 안 자고 공부한다더라. 밤새 전깃불을 켜 놓는다고, 전기세 많이 나온다고 진도댁이 잔소리하모 밖에 나가서 가로등 불 밑에서 공부한다더라. 니는 머하노! 엄마는 늘 나와 금희 언니를 비교했다. 나는 잠도 안 자고 공부하고 싶지 않았다. 그날도 늦게 일어나 지각할까 봐 뒷문으로 가는 길이었다.

학교 뒷문에서 훈육주임이 감시를 하는지 살피고는 얼른 들어갔다. 성모상 앞에 흰 철쭉이 피어 있었다. 금희 언니와 학수 오빠가 이 벤치에 앉아서 손을 잡고 있는 걸 본 적이 있었다. 내가 가까이 다가가자 두 사람은 슬며시 손을 놓았다. 농원에서 진도댁이 철쭉을 옮겨 심으며 말했다. 금희도 내년에는 야간 고등핵교 다닐끼다잉. 갸가 핵교 다니는 친구들 만날까비 겁나 조심한당께. 골목으로 댕기고 늦게꺼정 잔업하고. 친구들이 교복 입고 핵교 다니는 기 부러와서…… 바보 멍충이가 일찍 돈 버는 것이 젤로 성공하는 것인 중도 모리고. 나는 고개를 끄덕였다. 하모예 맞습미더. 돈을 갖다 바치는 학교도 아니고, 돈을 버는 회사인데 한 푼이라도 더 벌기 위해 악바리 금희 언니가 오죽 열심히 할까.

어느새 수출자유지역 입구 버스 승차장이었다. 수출자유지역에는 일본 전자제품 회사가 많았다. 그 회사들은 국내 회사보다 임금이 높은 편이었다. 그래서 다들 일본 회사에 취직하면 고시에라도 합격한 것마냥 우쭐댔다. 여공들이 정차한 버스로 우르르 몰려들었다. 수출자유지역으로 출·퇴근하는 공원들 풍경은 마산 명물 중 하나였다. 회사들 덕에 '개도 지폐를 물고 다닌다' 할 정도로 지역 경제는 호황을 누렸다. 마산은 남자와 여자의 비율이 3 : 7이었다. 남자가 귀해서 마산서는 시집가기도 힘들겠다. 여자를 수출하든가 남자를 수입하든가 해야지, 어른들은 농담 삼아 말하곤 했다. 버스 안이 여공들로 붐볐다. 나는 맨 뒷자리로 밀려났다.

우리는 수출자유지역에서 두 정거장을 지나 산호동에서 내렸다. 한 여자가 남자 팔짱을 낀 채 걸어가고 있었다. 여자 키가 남자보다 한 뼘 정도 더 컸다. 뭐 먹을까? 솜털 보송보송한 여자가 물었다. 일본어였다. 스시, 배가 불룩 나오고 이마가 훤히 벗겨진 남자가 대답했다. 마산에서는 흔한 풍경이었다.

진도댁이 허둥대며 걸어갔다. 바삐 걸어가다 고무신이 벗겨져 다시 꿰찼다. 나는 허둥대는 진도댁이 암만해도 진심 같지 않았다. 진짜 슬퍼서 저럴까 돈줄이 끊겨서 저럴까. 금희 언니를 착취할 때는 언제고 인제 와서…… 그만 집에 가자, 나는 엄마 옷을 잡았다.

아지매 데꼬 가야 된다. 먼저 가거라. 니가 가 봐야 뭔 좋은 꼴을 보겠노. 엄마는 차비를 주며 나를 돌려세웠다. 나는 혼자 가기가 싫었다. 그 자리에 멈추었다. 엄마는 어서 가라고 손짓하고는 뒤돌아섰다. 앞서가는 진도댁을 따라잡기 위해 걸음을 재촉했다. 금희 언니가 보고 싶었다. 살금살금 엄마 뒤를 따라갔다. 진도댁과 엄마는 파란 대문으로 들어갔다. 나는 대문간에서 오 분쯤 기다렸다. 까치발로 이층 계단으로 올라갔다. 열린 현관문 뒤에 몰래 숨어서 빠끔히 고개를 내밀었다. 금희 언니가 보였다.

키 156센티 가량, 만삭의 임산부가 넥타이로 목을 매고 문틀에 대롱대롱 매달려 있었다. 혀가 길게 삐져나왔고, 목은 옆으로 꺾였고, 몸이 축 늘어져 있었다. 배가 불룩했다. 맨발의 엄지발톱에 바른 붉은 매니큐어가 창으로 들어온 햇살에 반짝거렸다. 피가 흐르는 듯 섬뜩했다. 오른발 옆에 의자가 엎어져 있었다. 의자 위로 올라가 발로 의자를 걷어찬 모양이었다.

야는 금희가 아니어라. 다른 사람이랑께.

진도댁은 주먹으로 가슴을 치더니 두 손으로 얼굴을 문질렀다.

다음 달이 산달이라 하더만. 아까 배 만져 볼 때 아는 살았능가 발길질을 하는 거 같더마는. 인자는 안 움직이네.

주인집 여자가 진도댁 눈치를 살피며 말했다. 그녀는 금희 언니 배에 귀를 대고 손으로 만졌다. 수도세를 받으러 왔다가 금희 언니를 발견했다고 했다.

사람부터 내리자.

엄마가 말했다.

아입미더. 경찰이 와야 돼예. 아까 연락했는데 여태 안 오네.

주인집 여자가 말했다.

그만 가야. 구경났간디. 니는 내가 망가지는 걸 얼매나 더 봐야 쓰것냐.

진도댁이 엄마를 노려보며 말했다.

그기 아이다. 나는 니를 위해서…….

바닥에는 자른 머리카락이 한 뭉텅이씩 흩어져 있고, 아귀를 벌린 가위가 놓여 있었다. 나는 금희 언니를 쳐다보았다. 듬성듬성, 머리는 쥐가 고구마를 파먹은 꼴이었다. 나카무라 씨는 그녀의 긴 생머리에 반했다는데 왜 머리카락을 잘랐을까. 나카무라 씨는 금희 언니에게 머리를 절대 자르지 못하게 했다. 금희 언니가 저녁에 머리를 감으면 나카무라 씨는 수건으로 머리를 닦아 주고 빗으로 빗겨 주었다. 그리고는 흑단같이 윤기가 자르르한 언니의 머리카락을 움켜쥐고 냄새를 맡거나 손가락으로 머리카락을 돌돌 말곤 했다. 일본에서 샴푸를 가져다주기도 했다. 엉덩이를 덮는 금희 언니의 긴 머리카락에 먹을 묻혀 그림을 그리고 싶다고 했다. 진도댁은 두 사람의 금슬을 자랑했었다.

진도댁이 금희 언니와 나카무라 씨와의 금슬을 자랑하던 그날, 나는 집에 오자마자 엄마에게 딱 걸렸다. 교복 벗을 사이도 없이 심부름을 갔다 오라는 거였다. 아지매 집에 가서 내일 농원에 일하러 오라 해라. 나는 가기 싫어 쭈뼛거렸지만, 저녁에 용돈을 타려면 어쩔 수 없었다. 진도댁 집에 갔다. 가마솥에서 허연 밥물이 넘쳐흐르고 있었다. 진도댁은 아궁이 앞에서 춘향가 중 사랑가 한 대목인 '이 모양 이 대로 늙지 말게 하여다오'를 부르고 있었다. 부지깽이로 장단을 맞추다가 덩실, 어깨춤을 추었다. 나는 킥킥 웃었다. 그녀는 내가 서 있는 문 쪽으로 고개를 돌렸다. 왔냐? 왔으면 기척을 하지 그냐. 그녀는 정감이 묻은 목소리로 반갑게 맞았다.

아지매, 좋은 일 있는 갑지예?

음마, 좋다마다. 우리 사우가 나 쓰라고 밥통을 보내왔당께. 쪼깐 구경해 볼라냐?

진도댁은 박스에 든 빨간 전기밥솥을 꺼내었다.

요것이 일제다이. 그 유명한 코끼리 밥솥이랑께. 느그 집에도 이런 거는 없쟈잉. 국산은 오래 있으면 밥에 냄새 나야. 일제는 안 그렇당께.

아, 예에. 아지매는 금희 언니 덕에 호강하네예.

진도댁은 말끝마다 우리 사우, 우리 사우, 하며 나카무라 씨를 자랑했다.

안 봐도 삼천리랑께, 엄마는 진도댁 말을 흉내 내며 말했었다. 이 참에도 금희한테 가서 새 밥솥을 보고는, 오메, 오메 겁나게 색깔도 고와분다이. 니는 젊은 나이에 이리 좋은 밥솥을 써 보구마이. 다 부모 잘 둔 덕이다잉. 진도댁이 금희 언니에게 팔자타령을 늘어놓으며 나오지 않는 눈물과 콧물을 쥐어짜고 억지로 훌쩍였을 것이란다. 부담을 느낀 금희 언니가 마지못해 진도댁에게 밥솥을 내밀었을 것이라고. 총 안 든 도둑 아이가.

아지매, 전기밥솥 쓰이소.

아따, 써야제. 아끼면 똥 되불어야.

말은 그렇게 하지만 그녀는 밥솥을 팔아 돈을 만들 것이다. 진도댁은 사위가 준 시세이도 구찌베니와 구루무, 금희 언니에게서 빼앗다시피 얻어 온 소니 트랜지스터라디오를 엄마와 동네 사람들에게 팔았다.

나는 진도댁이 입은 노란 코르덴바지에 눈이 갔다. 이기, 겁나 따숩다. 진도댁이 말했다. 그 바지는 엄마가 입던 거였다. 살이 쪄서 허리가 안 맞아 못 입는다며 진도댁에게 주었다. 하여튼 엄마는 개념이 없어, 나는 속으로 말했다.

진도댁의 집은 '하꼬방'이었다. 방 하나에 부엌. 변소는 바깥에 있었다. 경사진 천장은 머리가 닿아서 고개를 숙여야 했다. 벽에는 신문지가 발라져 있고, 방바닥에는 귀퉁이가 찢어진 노란 꽃무늬 비닐장판이 깔려 있었다. 가족사진이 벽에 붙어 있었는데, 교복을 입은 금희 언니 증명사진이 가족사진 밑에 끼워져 있었다. 금희 언니는 중학교에 '을' 장학생으로 입학했다. 졸업 때까지 삼 년 내내 학년 톱이었다. '눈이 예쁜 미녀 장학생' 제목으로 교지에 실린 적도 있었다. 학교 다닐 때는 이름처럼 반짝반짝 빛이 났다. 그러나 얼굴에는 수심이 깔려 있었고, 이를 드러내고 활짝 웃는 걸 보지 못했다.

내가 금희 언니 사진을 쳐다보자 진도댁이 말했다.

아야, 니도 일어 열심히 하거라잉. 금희는 일어를 잘해서 취직했어야.

금희 언니가 일어를 배운 건 일주일에 한 시간, 고1 때뿐이었다. 그
것도 중간고사 시험을 치고 자퇴했으니까 일어를 배운 시간은 열 시
간도 채 되지 않았다.

'뺑'이 심한 진도댁 말에 나는 어이가 없었다. 하지만 어른이라서
마지못해 대답했다.

아, 예에. 그리고 이어서 말했다. 참, 엄마가 내일 일하러 온나 하
데예.

하루에 다 못 해야. 엄마한테 놉을 한 사람 더 얻어야 한다고 해라이.

진도댁은 우리 농원에서 묘목을 옮겨 심거나 풀 매는 일을 했다.
집안의 허드렛일도 도왔고 엄마가 아프면 밥도 해 주곤 했다.

혼자 하루 하모 되는 일을 꼭 두셋을 묶을라꼬 안 하나. 그래가꼬
그 사람들한테 소개비도 받고……. 엄마는 진도댁에게 품삯 외에 두
루두루 잘 챙겨주면서도 투덜거렸다. 일테면 생일날 떡을 하면 진도
댁에게 넉넉히 갖다 주었고, 농원에서 일하는 날은 저녁까지 먹고 가
라고 했다. 두 사람은 허물없이 속을 털어놓았고, 숟가락 몇 개 있는
것까지 다 알았다. 엄마는 금희 언니 자랑을 들으면, 금희만 한 딸이
없다, 딸 덕 보고 사니 니는 좋겠다, 면전에서는 진도댁이 부러운 척
하면서 집에 와서는, 공부 잘하고 얼굴 예쁘도 뺑 없으니 공순이밖에
못 하는 거 봐라, 끌탕을 찼다.

진도댁 집에 심부름을 다녀와서 내가 말했다.

엄마, 아지매 집에 아직도 나무 때더라.

그 집 요새 살 만하다. 금희가 많이 도와준다 아이가. 진도댁이 땔

딸 뭉친기라. 일 원 한 장 허투루 안 쓴다. 은행 통장이 몇 개나 될끼다.

설마?

모르지 또…… 내가 직접 통장을 확인한 건 아닌께네. 나는 언제 딸한테 용돈 받아 보것노.

결국 그 말이네. 나도 학교 땡치고 공장에 다니까.

지랄한다.

그날, 아버지는 학교 숙직이었다. 엄마는 절친인 용택이 아지매, 옆집 해옥이 엄마를 불러서 삶은 고구마를 먹으며 수다로 꽃을 피웠다. 초저녁부터 잠든 나는 웃음소리에 깼다. 눈을 감고 귀는 열어 두고 깊이 잠든 척했다. 세 여자는 자식들 자랑, 남편 흉, 이윽고 동네 사람들에 관한 이야기로 화제가 넘어갔다. 진도댁이 소리 하나는 구성지게 잘한다고 엄마가 말했다.

딸이 일본 사람하고 산다더만 잘 산가?

해옥이 엄마가 물었다.

요새 형편이 좀 풀렸제. 사위 덕을 톡톡히 보는 갑더라. 목에 힘이 좀 들어갔더만.

엄마가 대답했다.

금희가 애국자네. 외화도 벌고. 장관이 티브이에 나와서 하는 말이, 미국 놈이나 일본 놈이나 외국 놈한테 몸 파는 여자들하고 술집 여자들이 외화를 벌어서 경제 성장을 시킨다꼬 애국자라 하더라.

용택이 아지매가 말했다.

박정희가 좋아하겠네.

해옥이 엄마가 말했다.

장모하고 사위하고 나이 차가 얼마 안 난다 하더마는.

용택이 아지매가 말했다.

어, 한 열 살쯤 차이 나지.

엄마가 말했다.

남편 없이 그동안 굶은 진도댁이 사위와 엉덩이를 흔들 수도 있것는데…….

용택이 아지매가 말했다.

세 여자는 깔깔깔 웃었다. 야한 농담에 내 얼굴이 달아올랐다. 화제는 다른 데로 넘어갔다.

어야, 지난번에 비 억수로 왔을 때, 오동동 하천에 아 떠내리가는 거 봤나? 아가 탯줄을 달고 떠내리가더라 하데. 니 봤나?

해옥이 엄마가 말했다.

말은 들었다. 그기 한일합성하고 자유수출 다니는 여공들이 아를 유산하고 버린기라 하데.

엄마가 말했다.

가시나들이 몸을 함부로 굴린께네 안 그렇나. 키우지도 못할낌시로 붙어묵기는 와 붙어 묵노.

용택이 아지매가 말했다.

맥락도 없는 수다에 밤이 깊어갔다.

진도댁에 관한 소문이 바이러스처럼 온 동네에 퍼져 나갔다. 마침내 진도댁 귀에도 들어갔다. 누가 그랬당가. 진도댁이 캐묻자 용택이 아지매를 지목했다. 용택이 아지매는 그런 말 한 적이 없다고, 자신은 금희가 잘 사는지 물어봤을 뿐이라고 펄쩍 뛰었다. 결국, 진도댁과 엄마와 용택이 아지매, 해옥이 엄마가 우리 집 부엌에서 대면했다. 세 사람은 서로 탓을 하며 자기는 절대 그런 말 하지 않았다고 발뺌했다. 진도댁이 엄마에게 말했다. 선생 사모님이면 다여. 눈에 뵈는 기 없디? 집이가 어처께 나한테 그럴 수 있냐. 집이한테 할 만큼 했어야! 진도댁이 엄마를 노려보며 일갈을 던졌다. 선생 사모님, 이라면서 욕하는 말은 엄마에게 비수를 꽂는 거와 마찬가지였다. 최대의 모욕이었다. 엄마는 그 말을 제일 듣기 싫어하니까. 내가 진실을 파헤칠까 하다 입을 닫는 게 현명하리라 판단했다. 나는 누가 무슨 말을 했는지 정확하게 기억하는데 말이다. 그 말에는 악의가 없었다고, 없는 데서는 대통령 욕도 할 수 있는, 그냥 하는 수다였다고 말하려다 말았다.

혼자 집으로 가는 버스를 탔다. 맨 뒷좌석에 앉았다. 교복을 입고 목욕 용품이 든 양은 대야를 종일 들고 다니는 내 모습이 티브이 드라마 〈여로〉에 나오는 띨띨이 영구 같아 보였다. 깜박 잠이 들었다. 종점입미더, 차장 소리에 깼다. 가포 종점까지 와 버렸다. 한 시간 후 다시 버스가 나갈 때까지 바닷가를 어슬렁거리며 시간을 보냈다.

금희 언니와 가포에 온 적이 있었다. 나카무라 씨와 살기 전, 공장에 다닌 지 얼마 되지 않았을 때였다. 주일미사를 마치고 나는 성모상 앞에서 서성거렸다. 금희 언니는 성당에서 빠져나오는 사람들을 유심히 살폈다. 나는 직감적으로 그녀가 학수 오빠를 찾는다는 걸 알았다. 학수 오빠는 고등학교 2학년이며 고등부 학생회 회원이다. 왼쪽 다리를 약간 저는 소아마비였다. 금희 언니는 학수 오빠를 좋아했다. 학수 오빠도 금희 언니에게 호감을 느끼는 것 같았다. 고등학생과 여공. 두 사람은 공통된 대화가 없어서 그런지, 학수 오빠의 엄마가 금희 언니를 못 만나게 해서 그런지, 언젠가부터 학수 오빠가 금희 언니를 슬슬 피하는 게 내 눈에 보였다. 그런데도 금희 언니는 눈치를 못 챈 걸까. 학수 오빠에게 예쁘게 보이기 위해 긴 머리를 풀고 옅은 화장까지 했다. 학수 오빠는 나타나지 않았다.

순영이 너 나 따라갈래?

어딘데?

가포, 결핵 요양병원.

거기 왜?

수녀님 만나러.

월말시험도 끝났고 심심하던 차였다. 학수 오빠 대타라도 상관없다는 생각에 따라나섰다. 금희 언니와 나는 시청 앞에서 가포 가는 시내버스를 탔다. 결핵 요양병원 앞에서 내렸다. 가로수 벚꽃 잎이 난분분 떨어졌다. 마치 사월에 내리는 눈 같았다. 우리는 병원 안으로 들어갔다. 빨간 벽돌 건물이 여러 채 있었다. 얼굴이 납빛처럼 하얀 폐병쟁이 예술가가 창으로 얼굴을 내밀지 않을까, 애인이 준 하얀 손수건에 피를 토하는, 영화 같은 장면을 보지 않을까, 잔뜩 기대했으나 사람은커녕 지나가는 똥개도 한 마리 보지 못했다. 한편으론 폐병이 옮을까 두렵기도 했다. 나는 금희 언니를 따라 호젓한 건물 안쪽으로 들어갔다. 회색 스웨터에 검은색 치마를 입은 수수한 차림의 아주머니가 미소를 지으며 맞아 주었다. 금희 언니가 오스트리아에서 온 수녀님이라고 말했다. 수녀님은 눈매가 깊고 속눈썹이 길었다. 푸른 눈동자가 참 맑았다. 수녀복이 아닌 일반인 차림이어서 생소했다. 이웃

집 아주머니 같은 느낌이었다. 수녀님이 다과를 내왔다. 차는 약간 붉은빛이었다. 수녀님이 홍차라고 했다. 처음 마셔 보는 차라서, 어떻게 마셔야 할지 몰라서, 나는 주눅이 들었다. 금희 언니는 수녀님처럼 잔에 입술을 대고 소리 나지 않게 마셨다. 나도 그렇게 마시려고 한 모금을 삼켰다. 홍차가 뜨거워서 입천장과 혓바닥을 데었다. 이다음 뭐가 되고 싶으세요? 수녀님이 물었다. 수녀님 같은 간호사가 되고 싶어요, 금희 언니는 또박또박 자신감에 찬 목소리로 말했다. 나는 뭐가 되고 싶은지 생각해 본 적이 없었다. 불현듯 엄마가 떠올랐다. 하고 싶은 대로 마음대로 하고 사는 우리 엄마가 제일 편해 보였다. 공부를 안 해도 되고 매일 띵까띵까 놀고 돈도 마음대로 쓰고…… 엄마요, 나는 말했다. 금희 언니와 수녀님이 웃었다. 창피했다. 금희 언니는 회사 생활에 대해 말했다.

수녀님, 보름달 계가 뭔지 아세요? 야간 잔업 할 때 회사에서 보름달 빵이 나와요. 근데 시골서 올라온 애들이 동생들 생각나서 빵이 목에 안 넘어가는 거예요. 열 명이 몰아서 한 사람에게 주면 한 달에 한 번 시골 동생에게 빵을 부칠 수 있어요. 그걸 보름달 계라고 해요. 웃기죠. ……제가 벌어서 오빠 공부도 시키고 용돈도 주니 가장이 된 것 같아 뿌듯해요. 수녀님, 저는 제가 자랑스러워요.

수녀님은 고개를 끄덕이며 묵묵히 듣고만 있었다. 금희 언니가 저렇게 말이 많았을까. 말이 없는 줄 알았는데 생경한 느낌이었다. 공장에서 일하는 게 엄청 힘들다고 들었는데 금희 언니는 그렇지 않은 걸까. 그녀는 자신감에 차 있었고 당당하다 못해 오만해 보일 정도였다. 부모 그늘에서 학교 다니는 내가 졸지에 비정상이거나 바보가 된 것 같았다. 나는 따분하고 지루했다. 괜히 왔다고 후회했다.

오후 3시쯤 수녀님께 작별 인사했다. 결핵 요양병원 앞 승차장에서 집으로 가는 버스를 기다렸다. 버스가 빨리 오지 않았다. 가포 갈래? 금희 언니가 말했다. 어, 언니야. 우리는 가포까지 20분을 걸었다. 바다를 향해 서서 숨을 깊게 들이쉬고 내뱉었다. 잔물결이 이는 봄 바다에서 연인들이 보트를 타고 있었다. 금희 언니가 비틀거리더니 손을 머리에 대었다.

언니야, 와 그라노? 나는 놀라서 물었다.

갑자기 핑 도네. 별거 아니야. 저기 들어가서 좀 쉬자.

금희 언니 얼굴이 핏기 없이 노랬다. 우리는 근처 분식집으로 들어갔다.

괜찮나?

계속 야근에 잔업 했더니…… 이 정도는 참을 만해. 신경 쓸 거 없어.

삼교대 하는 여공들은 대부분 수면 부족과 빈혈에 시달린다고 했다. 금희 언니도 그런 것 같았다. 주인이 메뉴판을 가져왔다. 금희 언니가 눈을 찡그리고 인상을 쓰며 메뉴판을 읽었다. 냄비 우동 두 개를 시켰다.

언니야, 그 큰 글이 안 보이나?

괜찮아, 시력이 좋았는데…… 현미경을 보니까 나빠졌나 보다.

현미경? 나는 생물 시간에 한두 번밖에 못 봤는데, 언닌 좋겠다. 현미경으로 머 하는데.

나는 호기심이 일어 의자를 바짝 당겨 앉았다.

응, 현미경으로 부품도 끼우고 머리카락보다 가는 실을 구멍에 끼우거든.

그녀는 무심코 탁자 위에 손바닥을 폈다. 가만히 보니 그녀의 손바닥 피부가 벗겨져 있었다. 생물 시간에 영양실조에 걸리면 그런 증상이 나타난다고 했다. 금희 언니 몸이 망가지고 있구나, 생각했다. 힘들면 힘들다고 사실 그대로 말하면 될 텐데 금희 언니는 왜 포장하려고 할까. 자꾸 캐물으면 안 될 것 같아서 나는 입을 다물었다. 그 후 결핵 요양병원을 지날 때면 뜨거운 홍차에 입안을 데었던 일, 옆집 아주머니 같았던 수녀님이 떠오르곤 했다. 그날, 금희 언니와 함께한 사람이 내가 아니고 학수 오빠였다면 어땠을까.

나는 종점에서 다시 버스를 타고 자산동에서 내렸다. 시내버스를 타고 마산 끝에서 끝까지 한 바퀴를 돌고 온 것 같았다. 목욕탕의 간판을 쳐다보자 온몸이 가려운 듯했다. 이 주일간 목욕하지 않았다. 혼자라도 목욕하고 갈까. 생각해 보니 목욕비가 없었다. 외상으로 해 달라고 할까. 안 된다고 하면…… 주인이 있나 없나 카운터를 살폈다. 주인이 없으면 잽싸게 들어가야지. 그러다 붙잡히면…… 결국 발길을 돌렸다. 터덜터덜 걸어오는 내내 넥타이에 매달린 금희 언니 모습이 머릿속에 따라다녔다. 턱 근처까지 빠져나온 혀, 덜렁거리던 다리, 발톱의 붉은 매니큐어, 한 뭉텅이씩 잘린 머리카락, 팽팽히 부풀어 오른 배. 미칠 것 같았다. 배 속의 아기는 죽었을까 살았을까. 배 속에서 고통스러워 얼마나 나오고 싶었을까. 그때 머리로 배를 팡 차고 나왔어야 하는데…… 그런데 왜 하필 남편의 푸른색 넥타이를 매고 죽었을까. 다른 끈도 많은데. 노끈을 매든지 고무줄을 매든지 지푸라기를 매든지 하지. 끈을 찾다가 에이, 끈이 없어 못 죽겠네, 하며 살든가. 아니면 차라리 접시 물에 빠지지. 그러면 내가 건져 줄 텐데. 그런 생각을 하며 걸었다. 어느새 문방구 앞이었다. 나는 집을 향해 뛰었다. 따그닥따그닥. 양은 대야와 비눗갑이 종일 서로 부딪히며 상처가 났다. 대야는 약간 쭈그러졌고, 비눗갑은 금이 갔다.

저녁 드라마 〈여로〉가 끝난 후였다. 엄마는 금희 언니에 대해 말했다.

금희가 부모 생각하고 배 속에 얼라 생각하모 그리 몬 한다. 그리 독하게 죽을라 하모 무슨 짓을 한들 못 살것노.

원수보다 잘사는 게 이기는 거다.

아버지가 신문을 접으며 말했다.

근데, 엄마, 금희 언니는 와 하필 넥타이로 그랬으까?

블루칼라가 넥타이 매는 하이칼라를 꿈꾼 모양이지.

아버지가 담배에 불을 붙이며 말했다.

그거 푸른색이라 비싸 보이제? 진도댁이 내하고 부림시장 리어카에서 세 개 오천 원 하는 거를 깎아서 한 개 이천 원 주고 산기다.

무시라, 예식장에서 신랑이 맬 넥타이도 속이나?

금희 언니는 넥타이 값을 진도댁에게 넉넉히 주었다. 시간이 없다며 결혼식 때 맬 나카무라 씨 넥타이를 진도댁에게 사 달라고 부탁했다. 진도댁은 특별히 백화점에서 고급스런 푸른색으로 샀다고 금희 언니에게 생색냈다.

엄마는 금희 언니에 관해 미주알고주알 아버지께 말하면서 알맹이 하나는 쏙 빼먹었다. 왜 그 말은 안 하는데, 하려다 참았다. 엄마와 진도댁이 쉬쉬하는 일이 있었다. 진도댁은 나카무라 씨가 일본에서 '빠찡꼬' 사업도 한다고 말했다. '빠찡꼬'가 땅 짚고 헤엄치기라고 덧붙였다. 금희 언니도 진도댁도 그동안 푼푼이 모았던 돈을, 나도 도랑 치고 가재 좀 잡자, 나카무라 씨에게 내밀었다. 엄마도 덩달아 투자했다. 연탄 값과 전기세를 아껴서 모은 돈과 농원에서 꽃나무를 판돈이었다. 안 된다이. 책임 못 져야, 진도댁이 엄마를 말렸다. 그럼에도 엄마는 끼워 달라고 사정했다. 다른 사람한테 절대 말하면 안 된다, 진도댁은 입단속을 시켰다. 이재에 밝은 진도댁이 손해 보는 일은 안 하니까 이참에 묻어가자고, 엄마는 그녀를 믿었다. 엄마는 '빠찡꼬'로 돈을 벌면 백조 세탁기를 살 것이라고 말했다.

나는 내 방으로 건너와 책상 앞에 앉았다. 곧이어 엄마가 뒤따라왔다. 니 요 앉아 봐라! 엄마는 비장해 보였다. 나는 방바닥에 앉았다.

니 그 말하모 안 되는 줄 알제? 너거 아부지 귀에 들어가모 우째 되는 줄 알제? 니가 말하까 봐 간이 쪼그라드는 줄 알았다.

엄마는 눈을 부릅뜨고 내 눈을 똑바로 바라보며 말했다.

나도 그 정도 눈치는 있었다. 아버지가 그 일을 안다면? 생각하자 끔찍했다. 술을 마시지 않을 때는 일절 꺼내지 않던 잘못을, 술이 들어가면 기존 레퍼토리 잔소리에 꼬투리가 하나 더 추가되어 재탕 삼탕 뼈가 녹도록 잔소리로 우려먹을 거였다. 들들 볶아 대는 아버지 잔소리에 엄마는 아마 피가 말라서 죽을지 몰랐다.

알았어, 알았다고. 말 안 한다고. 세탁기 날아가삣네.

학교가 파하고, 용마공원 도서관에 갔다. 판소리계 소설을 읽어 오라는 숙제 때문에 춘향전과 흥부전을 빌렸다. 도서관에서 나와 도서관 근처 산호동을 어슬렁거리며 돌아다녔다. 자유수출지역 안으로 들어갔다. 어느 회사 앞에서 진도댁을 보았다.

교복 입은 금희 언니 사진이 진도댁의 몸 앞에 붙어 있었다. 금희 언니와 나카무라 씨가 나란히 찍은 사진과, 그 아래, **전자 주식회사 나카무라 이사가 내 딸을 죽였다! 내 딸 살려내라! 사인펜으로 쓴 글이 등에 붙어 있었다. 회사 정문 앞에서 나카무라 나와라! 내 딸 살려내라! 진도댁이 소리를 질렀다. 금희 언니 회사 동료가 진도댁 모습을 보고 지나가다 다시 돌아왔다. 그녀는 인적 뜸한 모퉁이로 진도댁을 데리고 가서 말했다. 아지매, 나카무라는 한국에 없습미더. 벌써 일본으로 토낏어예. 회사에 안 나온다 합디더. 나카무라와 얽힌 여자가 한둘이 아이라예. 들리는 말로는 일본에 부인이 있다 하대예…… 암인가 뭔가 큰 병이 걸리가꼬 병원비 때문에 사방 데 돈을 빌렸다 하고…… 금희도 혹시 빠찡꼬에 돈 넣었습미꺼? 진도댁이 고개를 끄덕였다. 아지매, 고마 포기 하이소. 나카무라 마누라 병원비 대줬다 생각 하이소(이 말을 들었을 때, 나카무라 씨가 진도댁을 낚아 먹었을까 진도댁이 나카무라 씨를 낚아 먹었을까 나는 생각했다). 금희는 힘든 내색을 눈곱만큼도 안 하기에 야무지게 잘 사는 줄 알았더마는, 속에서 곪아 터짓는 갑습미더. 교복을 입은 여공들이 야간 고등학교에 가기 위해 와아 몰려나왔다. 퇴근 시간이라 인파가 끝이 없었다. 진도댁은 그녀들에 의해 떠밀려 나왔다.

월요일, 개교기념일이었다. 휴교였다. 나는 혼자 집에 있었다. 화단에 서서 화장터 굴뚝에 연기가 나는지 쳐다보았다. 금희 언니가 불구덩이에서 또 한 번 죽는다는 생각이 들었다. 불 속에서 얼마나 뜨거울까. 뜨겁다고 목욕탕 온탕에도 안 들어가는데. 목욕탕에서 금희 언니를 만난 적이 있었다. 나는 반가워서 언니야, 일로 들어온나, 온탕 안에서 큰 소리로 불렀다. 수건으로 몸을 가리고 샤워기 쪽으로 가던 금희 언니가 고개를 돌렸다. 나는 물이 뜨거워서 안 들어간다, 금희 언니가 말했다.

화장터 굴뚝의 연기가 하늘로 곧게 올라갔다. 파란 하늘에 구름 몇 점이 떠 있었다. 맑고 쾌청한 날씨였다. 흰 하복을 입은 금희 언니가 하늘로 올라가는 모습이 구름 사이로 보이는 듯했다. 그녀가 잇몸을 드러내고 활짝 웃었다. 앞니 하나가 빠져 있었다. 그래서 웃지 않았구나, 나는 이해했다. 언니 잘 가. 하늘을 쳐다보며 손을 흔들었다. 금희 언니와 배 속의 아이를 위해 나는 국민교육헌장을 암송했다. '우리는 민족중흥의 역사적 사명을 띠고 이 땅에 태어났다'. 며칠만 참았더라면 역사적 사명을 띤 아기가 태어났을 텐데, 그사이를 못 참고 쯧쯧.

어쩌다 그런

이른 아침부터 농원 근처에 사는 동네 아주머니들이 집으로 몰려왔다. 마당에서 고함을 지르며 아버지 방을 향해 삿대질했다.

주택가 한가운데 똥물을 뿌리는 사람이 어딨어요!

냄새가 나서 살 수가 없어요!

선생이라는 사람이 그렇게 몰상식할 수 있어요. 학생들한테 무얼 가르치는지 모르것네.

온 집 안에 파리들이 난리라고요!

아주머니들은 저마다 한마디씩 했다.

아버지가 놀란 표정으로 방에서 나왔다.

무슨 일입니까? 어떻게 된 건지 자초지종을 말해 보세요.

아주머니들은 서로 얼굴을 쳐다보며 입을 삐죽거리거나 어깨를 으쓱했다. 조금 전 사나운 기세와 달리 먼저 말하라며 눈짓했다. 농원 앞집으로 새로 이사 온 젊은 서울댁이 나서서 말했다. 아침에 일어나니 어디서 구린내가 났어요. 집 안을 샅샅이 살펴봐도 똥을 싼 흔적이 없었어요. 근데 담 너머에서 지독한 구린내가 나지 뭐예요. 내다보니 농원의 꽃나무에 똥이 묻어 있더라고요. 이래도 발뺌을 하려는 겁미까! 그때 처마 밑 제비집에서 제비가 날아가며 서울댁 어깨에 물똥을 찍 쌌다. 아이참, 그녀는 짜증을 내며 닦았다. 빨랫줄에 앉아 노래를 부르던 제비들도 먹이를 찾아 날아갔다. 화단의 목련나무에 앉아 있던 참새들도 후드득 앞집 지붕으로 날아갔다.

부엌에서 아침밥을 준비하며 아주머니들의 드센 기세를 참고 있던 엄마가 마당으로 나왔다.

듣자 하니 거기에 선생이 와 들어가노! 만만한 기 선생이가? 우리는 똥거름 안 쓴다. 잘못 보고 하는 소리 아이가.

아버지가 엄마를 제지하고 나섰다.

저희는 금시초문입니다. 누가 그런 겁미까?

주인이 모르는데 우리가 어떻게 알아옷.

서울댁이 똑 부러지게 말했다.

네네, 아무튼 미안합니다. 냄새 안 나도록 빨리 조치를 하겠습니다.

아버지는 아주머니들을 향해 허리 숙여 사과했다. 그제야 숙지근해진 아주머니들이 돌아갔다.

곧바로 아버지가 농원으로 달려갔다. 엄마와 나도 뒤이어 농원으로 갔다. 봄이 되자 아버지는 몇 년 동안 키운 꽃나무를 시집보내는 재미에 빠져 있었다. 요즈음 꽃장수들이 부쩍 꽃나무를 사러 왔다. 이번 주말에도 꽃장수들이 영산홍과 철쭉을 사러 올 것이다. 엄마는 일할 인부도 미리 구해 놓았다. 꽃나무를 포장할 비닐도 사다 놓았다.

활짝 핀 흰 철쭉이 똥물을 뒤집어쓰고 있었다. 흰 웨딩드레스를 입은 신부가 예식장 하객들 앞에서 난데없이 똥물 세례를 받은 것 같았다. 핀 지 이틀 된 철쭉과 영산홍에도 똥물이 묻어 벌써 시들어 가는 중이었다. 내일쯤이면 필 것 같은, 입을 살짝 벌린 철쭉 봉우리에도, 영산홍의 수술에도 똥이 묻어 있었다. 고랑에는 발에 짓이겨진 꽃잎이 갈색으로 뭉그러져 얼핏 똥 같아 보였다. 그야말로 꽃에 온통 똥칠갑이었다.

어제 오후에도 동네 사람들이 농원에 구경을 왔다. 사진 좀 찍으께예, 꽃을 배경으로 사진을 찍었다. 꽃잔치 벌렸네, 꽃동네네, 하며 꽃처럼 웃었다. 사진을 찍다가 가지를 부러뜨리거나 꽃을 밟거나 꺾기도 했다. 조심하이소, 하면서 엄마는 웃었다.

그런데 누가 똥물을 뿌렸을까. 범인은 그 자리에 다시 나타난다 했으니 오늘 밤 숨어서 지켜볼까. 문득 국회 똥물 투척 사건이 떠올랐다. 똥물이나 처먹으라, 며 그 국회의원은 자신의 소신을 행동으로 보여 주지 않았을까. 아버지는 똥물로 모욕을 받을 처신을 했을까. 알 수 없었다.

범인이 강상 같은데 ……경찰에 신고해야 하나, 심증은 있는데 물증이 없어.

아버지는 고개를 갸웃거리며 말했다.

맞다! 맞어, 엄마가 손뼉을 치며 말했다. 강씨라면 그러고도 남을 사람이제. 강씨 아이모 이 동네 똥 푸는 사람이 없제.

나한테는 함부로 남을 의심하모 안 된다고 하고선.

강씨는 돌을 골라내는 것도 도와주고, 자기 밭처럼 매일 농원을 들락거리는데 절대 그럴 리 없다고 나는 생각했다.

농원을 하는 것이 평생소원이던 아버지는 고향의 논을 팔아 강씨네 밭 팔백 평을 샀다. 아버지는 그 땅에 꽃을 심었다. 그러니까 쌀이 콩으로 변하고 콩이 꽃으로 변한 거였다. 좋은 땅이라는 강씨 말을 믿고 덜컥 사고 보니 온통 돌밭이었다. 그 밭은 아무리 거름을 야물게 해도 농사가 잘 안 되었다. 강씨는 절대 땅을 팔지 않는데 왜 팔았는지 모르겠다고 동네 사람이 아버지께 귀띔했다. 그 말을 들은 엄마는 돌밭인 걸 뻔히 알면서 비싸게 팔았다고, 호랑이가 물어갈 인간이라고 강씨를 욕했다. 참말로 밥 팔아서 똥 사묵는데이. 땅을 살라하모 시내에 사야 돈이 되지 이런 변두리에 살 게 뭐 있노. 엄마는 혀를 차며 아버지의 무능을 탓했다(이재에 어두운 아버지 무능함을 말하려면 '천일야화'에 백 일은 더 보태도 부족할 터라 다음에 이야기하겠다). 농원은 양옥집들 사이에 분지처럼 오도카니 앉아 있었다.

강씨는 그 돈으로 딸인 백금녀의 미장원을 차려 주었다. 백금녀는 이혼 후 친정으로 들어와 살았다. 코미디언 백금녀처럼 뚱뚱하다고 동네 사람들이 '백금녀'라고 불렀다. 상호도 '백금녀 미용실'이었다. 김 빠진 맥주로 탈색한 백금녀의 머리카락은 익은 보리 이삭처럼 노랬고 퍼석거렸다. 짧은 무다리에 미니스커트를 입은 모습이 촌스러웠다. 허나, 파마 마는 솜씨는 좋았다. 손이 빨라 로트를 잘 말았다. 손님은 대부분 파마를 하러 온 동네 할머니거나 아줌마들이었다. 그녀들은 생라면을 뒤집어쓴 듯한 빠글빠글한 파마머리를 거울로 비춰 보며 파마는 잘 나왔네, 말했다. 나는 백금녀 미용실에서 머리를 자른 적이 있었다. 잡지의 모델처럼 최신 유행 스타일로 커트해 달라고 말했다. 머리카락이 눈에 들어갈까 봐 나는 머리를 자르는 동안 눈을 감고 있었다. 다 되었다고 백금녀가 말했다. 눈을 뜨고 거울에 비친 내 모습을 보니 옛날식 바가지 머리로 잘라 놓았다. 머리카락을 도로 붙일 수도 없고…… 나는 어쩔 줄 몰라 머릿속에서 땀이 났다. 눈물이 날 지경이었다. 저기요, 아까 분명히 모델 머리처럼 잘라 달라고 말했는데 예? 언제 그 말했노? 그 머리는 니한테 안 어울린다. 그만 내리온나. 다른 손님 기다린다. 나는 의자에서 내려왔다. 그 후 다시는 그 미장원에 발걸음도 하지 않았다.

백금녀 미장원에서 머리를 자르고 오후에 농원에서 일을 할 때였다. 나는 흙에서 골라낸 돌을 망태기에 담았다. 아버지는 깊이 박힌 큰 돌을 곡괭이로 팠다. 파낸 돌을 옮기려고 용을 썼지만 돌은 꿈쩍도 하지 않았다. 뒷짐을 진 채 구경하던 강씨가 슬그머니 다가왔다. 그 큰 돌을 번쩍 들어 돌무더기 있는 데 갖다 놓았다. 우와! 힘이 장사다. 아버지와 나는 놀란 눈으로 강씨를 쳐다보았다. 선상님, 곡괭이 이리 주 보이소, 곡괭이를 건네받은 강씨가 돌을 팠다. 아버지가 그 돌을 들고 가려고 하자 선상님은 작은 돌만 갖다 놓으이소, 큰 돌은 제가 하겠습미더, 강씨가 말했다. 강씨는 보란 듯이 또 큰 돌을 번쩍 들어 옮겼다. 아버지는 작은 돌을 망태기에 담아 돌무더기에 부렸다. 돌은 끝없이 나왔다. 고구마나 감자, 등 농작물을 캐는 게 아니라 돌을 캐는 것 같았다. 금맥이 발견되거나 도자기와 금관 같은 유물이 나오지 않을까. 그러면 이곳이 박물관으로 변할까. 벼락부자가 되지 않을까. 끝없는 망상을 하며 일했다.

하루 일이 끝났을 때, 아버지는 수고했다며 강씨에게 노임을 건넸다. 안 이러셔도 되는데, 말하면서 강씨는 봉투에 든 돈을 눈으로 확인하고 호주머니에 넣었다.

강상이 내일부터 좀 도와주세요?

아버지는 이왕이면 땅 주인이었던 강씨를 일꾼으로 쓰면 자기 땅이었으니 더 열심히 잘해 주리라 여기는 모양이었다. 나는 미장원에서의 일이 생각나서 아버지가 강씨를 일꾼으로 안 쓰면 좋겠다고 생각했다.

선상님 부탁이라 거절할 수도 없고, 우짜겠습미꺼 해 보지예.

다음 날도 강씨는 농원에 왔다. 그는 작은 돌을 파내거나, 내가 망태기에 담아 놓은 돌을 날랐다. 담배도 자주 피웠다. 아버지가 낑낑거리며 돌을 들고 가다 힘에 부쳐 땅에 놓았다. 강씨가 일어나 그 돌을 들어서 돌무더기에 갖다 놓았다. 그리고는 아이고 허리야, 아버지를 쳐다보며 허리를 두드렸다. 어제는 그보다 큰 돌도 가뿐히 들어 옮기더니 꾀를 부리는 걸까. 쉬었다 합시다, 아버지가 말했다. 강씨는 그 말을 기다린 듯 평상에 걸터앉았다.

아버지가 노란 양은그릇에 막걸리를 따라서 강씨에게 권했다. 강씨는 막걸리를 마신 후 그의 밭에서 따 온 풋고추를 한 입 베어 먹었다.

아따 맵네. 막걸리 안주로는 말입미더. 싱싱한 고추를 된장에 찍어 먹는 기 최곤 기라예. 그래서 제가 저짝에다 고추 모종을 심어 놨어예. 쫌 있으모 이따만 한 고추가 열리 껍미더.

아니, 거기에는 능소화를 심을 겁니다. 저 아래쪽에 있는 나무가 조금만 더 크면 담장으로 옮겨 심을 거예요. 능소화는 선비의 꽃이라 제가 좋아하거든요. 주황색 꽃을 보려고 했는데.

아, 참 내……. 이 너른 땅이 전부 꽃 아입미꺼. 지는 밭에다 꽃을 심는 건 처음 봤단 말입미더. 논밭에는 곡식을 심어야지 묵지도 못하는 꽃을 심는다는 기 말이 됩미꺼? 그거는 있는 사람들 사치라예. 내사 땅 한 뼘이 아까바서 죽겠고마는.

언젠가 죽은 향나무를 뽑은 자리에 강씨가 뭔지 모를 모종을 심었다. 며칠 지난 후 가지가 열렸다. 아버지는 가지를 뽑아 버렸다. 그런 일이 종종 있었다.

막걸리를 마시던 강씨가 단춧구멍 같은 눈으로 나를 흘깃 쳐다보았다. 아저씨, 눈 떴어예 감았어예? 내가 보입미꺼? 물어보고 싶어서 입이 근질거리는 걸 꾹 참았다. 으윽, 강씨가 트림을 했다. 나는 역겨워 코를 움켜잡았다. 강씨 몸에서는 늘 퀴퀴한 똥거름 냄새가 났다. 혐오스러웠다. 그 냄새가 내게도 밸 것 같아 멀리 떨어졌다.

아들이 있어야 하는데 말입미더. 선상님, 딴 데 가서 보더라도 아들 하나 낳으이소. 아들이 있어야 제삿밥을 얻어 묵지예. 지는 딸만 줄줄이 여섯인데 아들 낳으라꼬 마누라가 딸들한테 아들 옷을 입혀 키웠지예. 그러다 막판에 아들 하나 낳았다 말입미더. 하하.

나는 어이가 없었다. 발딱 일어나서 말했다.

아재예, 요새는 잘 키운 딸 하나 열 아들 안 부럽다 합미더. 우리 아부지 제사는 생일상 맨치로 내가 똑 부러지게 차려 줄 테니까 걱정 붙들어 매이소.

아이구야, 딸내미가 보통 아이네예. 선상님은 걱정 안 해도 되것다 말입미더.

강씨는 말의 끝에 말입니더, 라고 붙이는 버릇이 있었다. 그라모, 말이지 소인가, 나는 속으로 구시렁거렸다.

아버지는 빙그레 미소를 지었다. 어느 자리에서나 자기주장은 당당히 말할 줄 알아야 한다고 했다. 아들이 아니고 딸이라서 차별하지 않았다. 잘못한 일이 있으면 엄하게 야단을 쳤고, 칭찬하는 법이 없을 뿐이었다.

자갈을 골라내다가 흙에서 손바닥 길이만 한 지렁이가 나왔다. 엄마야, 나는 깜짝 놀라서 도망갔다. 여식이라 지렁이 보고도 놀라네. 머스마 같으모 지렁이를 갖고 놀낀데.⋯⋯이 근처가 6·25 때 죽은 사람들을 묻었던 곳이라예. 그때 관이 오데 있습미꺼. 바로 흙으로 덮었지예. 송장 썩은 물에 농사는 잘될 낍미더. 저짝 새 양옥집 있지예? 전부 귀신들 집 위에 지은 기라예.

나는 그 말을 들으니 오싹했다. 행여 해골이 나오거나 땅 밑에서 큰 손이 올라와 나를 지하세계로 끌고 갈 것 같은 느낌이 들었다.

막걸리를 다 마셨는지 강씨가 주전자를 흔들었다. 술이 아쉬운지 쩝 입맛을 다셨다. 아버지가 막걸리를 받아 오라고 심부름을 시켰다.

그다음 날부터 강씨는 시도 때도 없이 돌을 줍고 일당을 받아 갔다. 엄마는 자기 돌밭의 돌을 치우면서 돈을 받아 간다며 약 올라 했다. 그는 특히 아버지 있을 때 와서 '눈도장'을 찍었다. 방금 왔으면서 진작부터 일한 것처럼, 우리 밭에 가서 잠깐 오줌 거름 주고 오너라고, 변명을 늘어놓았다. 그는 여자 인부와 똑같이 일하고는, 높은 남자 인건비를 받아 갔다. 비 오는 날은 오전 일만 했는데도 하루 노임을 줘야 한다며 억지를 부렸다. 내일부터 일하러 안 와도 됩미더, 엄마가 노임을 계산하며 말했다. 그때부터 아버지와 강씨 사이가 서먹서먹해졌다.

아버지는 물탱크에 물이 얼마나 들었는지 확인했다. 나는 물탱크에 연결한 호스를 잡았다. 똥물을 뒤집어쓴 철쭉과 영산홍에 물을 뿌렸다. 센 수압 때문에 꽃이 떨어졌다. 어떤 빌어묵을 놈이 이랬노! 엄마는 앞집을 향해 큰 소리로 말했다. 집으로 찾아온 그녀들에게 앙갚음하는 듯했다. 그때 앞집 창문이 닫혔다. 문 잘 닫아라. 냄새는 문틈으로도 들어온다. 서울댁의 말이 들렸다. 저 백여시 것은 년. 사모님의 농원이 우리 정원이에요, 함시로 알랑방구 뀔 때는 언제고. 엄마는 서울댁의 말투를 흉내 내며 구시렁거렸다.

아까 집에 찾아온 사람들한테 주스라도 사서 가 보소. 근처 이웃에도 들여다보고…… 가서 미안하다고 하소.

아버지가 엄마에게 일렀다.

돈이 썩어 내리 앉았는 갑네. 주스를 사서 가게.

그 사람들 입장에서는 안 그러겠나.

엄마는 호미로 물꼬를 트고 흙을 북돋웠다. 아버지는 웅크리고 앉아서 물에 씻기지 않은 똥을 붓으로 일일이 쓸었다. 호스가 짧아서 멀리 떨어진 꽃에는 닿지 않았다. 아버지는 다른 호스를 갖고 와서 호스와 호스를 연결했다. 내 흰 운동화에 똥이 묻었다. 바짓가랑이에도 똥이 묻었다. 짜증이 났다. 똥물과 물이 뒤섞여 고랑이 질척거렸다. 흥건한 고랑에 발이 빠졌다. 비위가 상해 토할 것 같았다. 한 손으로 코를 움켜잡고 다른 손으로 호스를 잡았다. 허기가 져서 똥냄새는 더 지독했다. 합포만에 떠 있는 배 모양이 만두 같았다. 갓 쪄 낸 따끈한 만두 생각이 간절했다. 배는 고프고 일이 힘들지만 참아야 했다.

아버지도 지쳤는지 담배를 한 대 피우며 잠시 숨을 돌렸다. 어떤 무식한 인간이 꽃에 이런 짓을 했노, 신경질을 부렸다. 아버지는 일도 제대로 못 하면서 농원은 왜 하는지 모르겠다.

머리로 일을 하는 걸까. 언젠가, 아버지는 책에서 봤다는 대로 돌담을 쌓고 있었다. 먼저 쌓았던 돌이 우르르 무너지며 발 앞에 떨어졌다. 아버지는 얼른 뒤로 물러났다. 지나가던 강씨가 담 너머에서 그 모습을 지켜보다 쯧쯧 혀를 차며 농원으로 들어왔다.

선상님, 저리 비키 보이소. 작은 돌을 큰 돌 사이에 받쳐 주고 끼워 줘야 됩미더. 그래야 안 무너진다 말입미더.

책을 보고 연구도 하고 책대로 한다고 했어요.

오데 일을 책으로 합미꺼, 경험으로 하지예. 이것도 다 요령이 있어예. 막 쌓는다고 담이 되는 기 아이라 말입미더.

강씨는 학생을 훈육하는 선생처럼 말하면서 담을 쌓았다.

제가 하는 거 단디 보고 그대로 하모 됩미더.

아버지가 돌을 주워서 돌 위에 올렸다.

아이라예. 그리 하모 안 됩미더!

강씨는 한 번 더 시범을 보인 뒤 돌아갔었다.

나는 다시 호스를 잡고 똥이 묻은 꽃에 물을 뿌렸다. 올해는 꽃 다 팔아 묵었다, 다 팔았어. 젖 담았네. 엄마는 울상을 지었다.

그때 농원의 인부인 진도댁이 농원 문을 열고 다가왔다. 아버지와 엄마는 일손을 멈추었다. 진도댁이 조심스레 입을 열었다.

이런 말해도 될랑가 모리것네, 밤에 똥물을 뿌린 걸 보기는 봤는데 뒷모습을 봤지라. ······강씨인 것 같기도 하고 ······어두워서 자세히 못 봤당께.

아니, 이 양반이, 그래도 설마했더니…….

얼굴이 붉게 변한 아버지는 길 건너 강씨네 밭으로 부리나케 갔다. 엄마와 나도 뒤이어 따라갔다. 강씨는 보이지 않았다. 고랑을 둘레둘레 살펴봐도 강씨는 없었다. 밭 한가운데 무덤이 있었다. 무덤을 중심으로 감자가 줄 맞춰 자라고 있었다. 내 허리께쯤 자란 감자에서 흰 꽃이 피어났다. 하얀 감자꽃이 농원의 흰 철쭉처럼 어여뻤다. 두어 달 전, 죽은 나무를 뽑아낸 자리에서 감자의 새싹이 돋아났다. 누가 심었는지 자연적으로 났는지 농원에서 못 보던 거였다. 그 자리에 은목서를 심으려던 아버지는, 뭐 이런 게 여기에 있어, 농원에는 어울리지 않는다며 감자를 뽑아 버렸다. 그런데 감자 꽃이 저렇게 해사하게 피어 있었다.

우리는 강씨네 집으로 바삐 갔다. 집 근처에서 똥장군을 지고 오는 강씨와 맞닥뜨렸다. 아버지는 그 모습을 보고 강씨가 범인이라고 확신한 모양이었다.

강상이 우리 꽃나무에 똥을 뿌렸소. 어떻게 그럴 수 있단 말이요!

내가 뭔 똥물을 뿌렸다는 겁미꺼. 증거 있으모 대보이소. ……선생이라는 사람이 어따 덤탱이를 씌울라꼬.

강씨가 벌컥 화를 냈다.

방귀 뀐 놈이 성질낸다더니, 적반하장도 유분수지. 이웃 간에 경찰까지 부르려고 안 했는데, 안 되겠네.

허 참, 저짝 파란 대문 집에 밴소를 퍼기 시작한 것이니 물어보란 말입미더. 경찰을 부르든가 청와대 각하를 부르든가 빽 있으모 마음대로 하소. 니미, 오데 생사람을 잡고 난리고.

강씨는 고개를 빳빳이 들고 아버지에게 대들었다.

이 동네에서 인분을 거름으로 쓰는 사람은 강씨네뿐이었다. 강씨네 밭을 지나면 똥 냄새가 진동했다. 설날이었다. 강씨는 밭에서 삽으로 거름 더미를 뒤적이며 일을 하고 있었다. 아재, 와 냄새나는 똥을 쏩미꺼? 내가 물었다. 똥이 거름으로 이기다. 사람 몸에서 나는 것은 하나도 버릴 게 없데이, 그는 엄지를 들어 보였다. 그리고 히죽 웃으며 덧붙여 말했다. 정월 초하룻날 부잣집 똥을 훔치모 한 해 운수가 풀리고 부자가 된다는 말이 있니라. 하하.

겨울이면 강씨는 동네 집마다 다니며 똥바가지로 변소를 펐다, 공짜로. 아버지도 그에게 변소를 맡겼다. 지게에 똥항아리를 진 강씨가 뒤뚱뒤뚱 걸어가면 동네 꼬맹이들이 뒤를 따랐다. 똥장군, 똥장군, 노래를 부르며 놀렸다. 그는 저만치 가다 뒤돌아 예끼 놈! 소리쳤다. 놀란 꼬맹이들이 삼십육계 줄행랑을 쳤다. 그 모습을 지켜보던 강씨는 단춧구멍 같은 눈으로 웃으면서 니들 똥 쌀라 하모 우리 밭에 가서 싸거레이, 말했다. 강씨 부인과 백금녀도 망태기를 들고 동네 길바닥의 똥이란 똥은 다 줍고 다녔다. 소똥, 개똥, 닭똥 등, 똥이란 똥은 가리지 않고.

강씨 말이 떨어지기 무섭게 엄마는 파란 대문 집으로 뛰어갔다. 그집에 변소 펏대. 숨도 안 쉬고 달려왔는지 엄마는 숨을 헐떡였다. 변소 안까지 들여다보고 확인한 모양이었다. 아버지는 아무 말을 못 하고 무참히 뒤돌아섰다. 즈그들 먹으라고 빈 땅에 애써서 감자도 심어주고 옥수수도 심어 줬더만 고마운 줄도 모르고, 멀쩡히 살았는 거를 다 뽑아서 버린 숭악한 것들 아이가. 묵을 수도 없는 꽃 따위는 뭔 지

랄한다고 돈 처발라 가며 키우는지 몰라. 뒤에서 강씨가 욕을 퍼부었
다. 두 사람이 어쩌다 이 지경이 되었을까. 안타까웠다. 그러니 애초
에 내가 뭐라 그럽디꺼. 상대할 사람을 상대해야지. 대감하고 머슴하
고 상대가 되요. 엄마는 아버지 옆에서 걸어가며 잔소리했다.

돌아오는 길에 강씨네 밭을 지났다. 감자밭 한가운데, 강씨 아버지
무덤에는 잡초 하나 없이 깔끔했다. 어느 초여름 일요일 아침이 떠올
랐다.

그날, 강씨가 고추를 따 가라고 했다. 나는 풀을 뽑다가, 아버지는
마사토를 체에 거르다 쉴 겸 강씨가 좋아하는 막걸리를 들고 그의 밭
으로 갔다. 밭 한가운데 있는 무덤 앞에 강씨가 꿇어앉아 있었다. 우
리가 가까이 다가가자 그는 일어났다. 무덤 앞에는 밭에서 딴 빨간 토
마토, 고추, 오이가 한 개씩 놓여 있었다. 나는 밭에 무덤이 있어 약간
꺼림칙하고 오싹했다. 무덤 속의 망자는 밭을 지키는 파수꾼일까. 강
씨는 부모님 무덤이라고 말했다. 새벽에 일을 시작하기 전 매일 기도
하듯 부모님께 인사부터 드린다고 덧붙였다.

대단한 효자십니다.

아버지가 말했다.

습관이 돼놔서…… 여가 제일 처음 장만한 밭이라예. 할아버지도,
아버지도, 나도, 삼대가 평생, 이 밭에서 뼈마디에 고름이 들도록 일
했어예. 그래도 내 땅이 아이고 남의 땅이더라 말입미더. 그기 한이
맺혀서 기어이 주인집 땅을 제가 샀습미더. 아부지는 일하다 힘들모
저 멀리 바다를 쳐다보고 허리 한번 펴고…… 그래서 여다 부모님을
합장해 모셨지예.

3대에 걸쳐 종살이하며 모시던 주인 무덤 한쪽에 그의 아버지 묏자리를 썼는데 주인 아들이 장성하자 선산을 판다며 이장해 가라고 했단다. 여기 밭에는 생전에 부모님이 좋아하시던 작물을 심는다고 했다.

강씨는 머슴이었다. 새경을 모아서 논과 밭을 샀다. 논을 한 마지기 사고 또 돈이 모이면 밭을 사면서 악착같이 논·밭을 늘렸다. 하루도 쉬는 날 없이 일했다. 동네, 신흥 주택이 들어선 곳곳의 빈 땅은 대부분 강씨네 것이었다.

강씨가 빨갛게 잘 익은 토마토를 따서 먹어 보라며 권했다. 토마토는 속이 꽉 차고 달았다.

왜정 때나 전쟁 때는 사흘에 피죽 한 그릇 얻어먹기도 힘든 적이 많았어예. 전쟁, 전쟁해도 배고픈 전쟁만 하겠습미꺼. 지는 그런 전쟁을 수도 없이 겪고 살아서 그런가 빈 땅이 놀고 있으모 애가 타서 죽겠습미더. 선상님은 배가 안 고파 봐서 곡식 나는 밭에 꽃을 심는가 몰라도……

강씨는 말을 맺지 못했다. 고개를 들어 하늘을 올려다보았다. 그의 작은 눈에 눈물이 살짝 고인 걸 나는 보았다.

땅 한 뼘이 아까운데 곡식 나는 밭에다 꽃을 심는 건 가진 자들의 사치라고 농원에서 강씨가 하던 말이 스쳤다.

아버지가 말머리를 돌렸다.

강상은 농사는 참 잘 짓습니다. 강상 밭에서 나온 작물은 맛이 달라요. 이 호박하고 가지만 봐도 반질반질한 게 때깔이 나지 않습니까?

감자가 심어진 한편에 토마토가, 토마토 옆에는 고추가, 그 옆에는 가지가 심겨 있었다. 한쪽에는 오이 넝쿨이 지주대를 타고 올라갔다.

울타리 담에는 호박이 열려 있었다. 강씨네 밭은 청과물 상회를 옮겨다 놓은 듯 온갖 종류의 채소가 심겨 있었다.

요새 사람들은 화학비료를 써도 저는 옛날 방식으루 원칙을 지키고 한다 말입니더. 한 해 농사는 똥거름으로 승패가 납미더. 저짝에 보물을 쌓아 놨어예. 원체 비료 값이 비싸기도 하고⋯⋯ 썩은 볏짚에 재하고 섞어서 똥에 버무렸지예.

아버지와 나는 강씨가 가리키는 방향을 쳐다보았다.

한쪽 귀퉁이에 무덤만 한 거름 더미가 있었다. 그 위에 작은 수박이 열려 있었다.

아재, 수박을 저기다 심었습미꺼?

절로 난기다. 짐승 똥에서 절로 난기제.

예에?

그러니까 내가 먹고 버린 수박씨를 돼지나 닭이 먹고 위장에서 소화하지 못한 씨가 통째로 똥으로 나오고, 그 똥을 거름하고⋯⋯ 거기서 싹이 나고 열매를 맺고⋯⋯ 그 수박을 다시 내가 먹고 똥을 누면, 그 똥이 거름이 되어 작물을 키우고⋯⋯ 순환 과정을 생각하자 우웩, 더러워서 비위가 상했다. 수박에 정나미가 떨어졌다.

아버지가 강씨에게 막걸리를 따랐다. 강씨는 막걸리를 마신 후 손등으로 입을 훔쳤다.

농사는 말입미더, 그때만 같으모 지을만 하지예.

강씨의 무용담이 시작되었다. 나는 그 이야기를 세 번이나 들었다. 그해, 강씨는 벼를 늦게 심었다. 가을에 큰 태풍이 불었다. 논이 물에 잠기고 벼가 유실되었다. 익은 벼는 쓰러지고 물에 젖은 벼는 싹이 났

다. 강씨는 벼를 늦게 심은 탓에 벼가 쓰러지지 않았다. 태풍이 지나
간 뒤 늦가을 볕에 벼가 잘 익어 대풍을 거두었다는 이야기였다.

아버지도 그 이야기를 지겹게 들었으나 싫은 내색하지 않았다. 강
씨의 말에 그렇죠, 암요, 그렇구 말구요, 고개를 끄덕였다.

하지만 강씨가 드러내지 않은 일도 있었다. 나는 맛있는 수박을 눈
앞에 두고도 먹을 수 없었던, 국민학교 3학년 때, 콜레라가 대유행이
었던 그 당시를 생생히 기억한다. 그해 강씨는 밭에 수박을 심었다.
수박 농사는 잘되었다. 수박을 출하할 즈음 콜레라가 전국으로 퍼졌
다. 방송과 신문, 반상회에서도 물은 반드시 끓여 먹어라. 손을 깨끗
이 씻어라. 날것을 먹지 마라, 연일 홍보했다. 콜레라 때문에 수박을
사 먹는 사람이 없었고, 강씨는 수박을 팔지 못했다. 그는 수박밭에서
지나가는 동네 사람들을 불러 세웠다. 어이, 수박 공짜로 갖다 묵소.
억수로 다네. 콜레라가 무서워서 안 되겠네. 자네도 걸릴라 조심하거
레이, 거절했다. 동네 사람들은 강씨가 인분을 거름으로 사용한 줄 알
았다. 더구나 홍수까지 겹쳤다. 물에 떠 있는 수박을 밭에서 허탈한
표정으로 바라보고 있던 강씨 모습이 떠올랐다.

한잔하이소, 먹는 거는 나누어 먹어야 맛나지예. 강씨가 아버지 잔
에 막걸리를 부었다.

선상님이 저 같은 무지랭이를 이리 대접해 주시니 말입미더.

무슨 말씀을, 제가 한 게 뭐 있습니까. 다만, 사람 위에 사람 없고
사람 밑에 사람 없다는 생각으로 삽니다만.

선상님이 토마토를 좋아한다고 해서 쪼맨 땄습미더.

강씨는 토마토가 든 까만 비닐봉투를 내 손에 쥐여 주었다. 잠시

머뭇거리더니 말문을 열었다.

핵교 식당에 우리 밭에서 난 작물을 납품 할 수 있게 좀 도와주이소. 선상님이 힘 좀 써 주모 안 되것습미꺼?

글쎄요, 그건 제 소관이 아니라서, 서무과에서 하는 일이라…… 노력은 해 보겠습니다만…… 기대하지는 마십시요.

그 부탁을 하기 위해 오라고 한 것일까. 2킬로그램 남짓한 토마토가 뇌물이라면 먹다 체할 것 같아 나는 손에 쥔 봉투를 슬그머니 놓았다. 노랗고 작은 토마토꽃이 나를 쳐다보며 슬며시 웃었다.

그때 청탁을 들어주지 않아서 강씨는 똥물을 뿌렸을까. 농원으로 돌아와 우리는 다시 일했다. 삼십 분쯤 지나 나는 호스를 꽃나무 틈에 팽개쳤다. 일이 힘들어서 도망가려고 살짝 농원을 나섰다. 새마을 연쇄점에 가서 보름달 빵을 사 먹어야겠다고 생각했다. 소리 나지 않게 문을 열었다. 그래가지고 뭔 일을 하겠노. 등 뒤에서 야단치는 아버지의 말이 들렸다. 할 수 없이 다시 들어왔다.

聖旨農園. 나무판자에 씌어 있었다. 농원은 아버지가 근무하는 학교 이름을 따와서 지었다. 聖旨는 아버지의 聖地이지 내 聖地는 아니었다. 꽃을 키우고 가꾸는 일은 너무 힘들었다. 아버지가 삽목할 나무를 전지해 오면 엄마와 나는 나무의 잎을 일일이 손으로 따내고 손바닥만 한 길이로 다듬었다. 그런 후 땅에 묻힐 부분을 예리한 칼로 잘랐다. 아버지는 엄마와 내가 손질해 놓은 나무에 약품 처리했다. 그렇게 삽목한 나무 중에는 땅에 뿌리를 내리지 못하고 말라죽은 나무도 있었다. 아버지는 죽은 나무를 솎아 내며, 어린 자식이 죽은 것 같네, 말했다. 나무가 자라서 다른 곳으로 옮겨 심을 때는, 너희들 큰집으로 이사 가니 좋지, 말했다. 일손이 부족해서 인부를 써야 했고 인건비가 많이 들어갔다. 아버지의 월급을 쏟아부어도 농원을 운영하는 데는 부족했다. 농원은 돈 잡아먹는 하마였다. 너거 아부지는 밥 팔아서 똥 사 묵는 위인이데이, 툴툴거리는 엄마의 말이 하나도 틀리지 않다고 생각했다.

나는 어쩔 수 없이 붙잡혔다. 다시 호스를 잡고 똥이 묻은 꽃에 물을 뿌렸다. 오랜 시간 쪼그리고 앉았다 일어섰다 하니 허리도 아프고 다리도 아팠다. 물에 젖은 손이 퉁퉁 불었다. 그럼에도 똥이 걷히니 꽃이 다시 보였다. 꽃이 새로 피어난 듯했다. 고초를 겪고 난 흰 철쭉이 순결해 보였다. 문득 흰 목련의 아름다움에 빠졌던 그날 밤이 떠올랐다.

아버지가 자는 나를 흔들어 깨웠다. 보여 줄 게 있다는 거였다. 졸려 죽겠는데 짜증이 났다. 빨리 일어나라, 다그침에 나는 할 수 없이 일어나 옷을 갈아입었다. 따라오너라. 아버지는 앞장서서 뒷문을 열고 골목길로 갔다. 도대체 어디로 가는 걸까. 또 무슨 야단을 치려는 걸까. 하늘에는 보름달이 휘영청 떠 있었다. 뒤따라가니 농원 입구였다. 아버지는 농원의 평상에 앉았다. 여기 앉아라. 멀리 합포만의 바다가 내려다보였다. 나를 따라온 달이 바다 위에 떠 있었다. 달문이 유달리 컸다. 까만 바다에 금빛이 고요히 반짝거렸다. 아버지는 말없이 한 곳을 바라보았다. 나는 졸음이 쏟아졌다. 좋다, 참 좋구나, 아버지는 혼잣말했다.

니가 좋아하는 꽃이 머꼬?

뜬금없이 물었다.

나는 꾸벅 졸다 침을 흘렸다. 아버지 소리에 살짝 놀랐다.

예에? 없어예.

꽃은 쳐다보기도 싫습미더. 꽃 때문에, 꽃을 가꾸느라 꽃 같은 내 얼굴이 짓이겨진 꽃처럼 햇볕에 망가지는데 꽃이 뭐가 좋겠습미꺼, 나는 속으로 구시렁거렸다. 아버지는 아직도 그곳을 응시하고 있었다. 꽃에 하듯 나에게 관심과 정성을 쏟아주었으면…… 지금보다 공부도 잘했을 것이고, 미래에는 이름을 떨칠 것이고, 아버지는 '좋은 아버지'상을 탔을 텐데…… 나는 꽃보다 못한 걸까. 자괴감이 들었다. 따분하고 지루해서 집에 가고 싶었다. 아버지의 시선을 따라가 보았다. 저 아래 목련나무에 멈추었다. 흰 목련꽃이 피어 있었다. 저게 뭐기에 혼을 **빼앗긴** 듯 쳐다보고 있을까. 달이 목련 가지 사이에 동그란 얼굴을 내밀었다. 하늘에 또 한 송이 흰 목련이 활짝 피어 있는 듯했다.

좋지. 너도 좋지?

모르겠습미더. 그냥 봅미더.

니가 태어났을 때 목련을 심었다. 목련처럼 고결한 여성으로 자라길 바랐지.

아버지가 나를 그렇게 생각했을까. 엄하게 야단만 치는 줄 알았는데. 그러고 보니까 창녕 고향 집에 목련나무가 있었던 것 같다. 백목련과 자목련이 화단에 나란히 심겨 있었다. 목·련, 천천히 읊조려 보았다. 아하, 나무에 핀 연꽃이구나. 아버지가 라디오를 틀었다. 라디오를 늘 옆에 끼고 살았다. 엄정행의 「목련화」가 라디오에서 흘러나왔다. 나도 마침 음악 시간에 배운 그 노래를 생각하고 있었는데 우연의 일치로 통했을까. 은연중 아버지께 영향받은 것은 음악이 아니었을까. 겨울이면 방에 들여놓은 홍매 분재에서 붉은 매화꽃이 피었다. 아버지는 방 안 가득한 홍매 향기에 취하고 매실주에 취해「알함브라 궁전의 추억」을 기타로 연주했다. 나는 아버지의 기타 연주를 들으며 잠들곤 했다.

목련차 한잔 마시면 좋겠구나. 아버지가 말했다. 옛 선인들은 목련 꽃을 차에 우려 마셨단다.

헐, 애주가인 아버지가 차라니. 목련에 취한 걸까.

넌 뭐가 하고 싶냐?

그림예. 그림 그리는 사람이 되고 싶습니더. 아부지, 미술 선생님한테 그림 배우게 해 주이소. 내 친구 미경이는 화실에 다녀서 내보다 잘 그립미더.

그림은 배우는 게 아니다 많이 봐야 한다. 대상이 너에게 말을 걸어올 때까지 봐야 한다.

치, 그러면 그렇지. 어째 순순히 넘어가나 했다. 나는 속으로 투덜거렸다.

구름에서 빠져나온 달이 점점 움직이며 다른 가지 사이에서 쉬고 있었다. 아버지는 턱에 손을 괴고 넋이 나간 듯 목련꽃을 바라보았다. 나도 아버지처럼 폼을 잡고 따라했다. 오랫동안 목련꽃을 쳐다보았다. 흰 목련꽃이 달빛에 흰 나비가 날아가는 듯, 백로가 앉아 있는 듯, 설야인 듯, 수십 개의 백열등이 세상을 비추는 듯했다. 아~ 나도 모르게 절로 탄성이 새어 나왔다. 온몸에 전율이 일어서 팔에 소름이 돋았다. 목련이 나를 홀리는 듯했다. 좋은 그림을 한참 동안 쳐다보면 간혹 그림 속으로 빨려 들어가는 듯한 느낌을 받을 때가 있는데, 지금 그런 느낌이었다. 가슴이 벅차올랐다. 황홀했다. 달빛에 목련꽃을 바라보는 아버지와 내 모습을 그림으로 그렸으면 좋겠다고 생각했다. 아버지가 내 손을 잡았다. 좋다, 참 좋지. 예, 대답했다.

멍하게, 그날의 생각에 잠겨 있었다. 연장 챙겨라, 아버지가 말했다. 일은 거의 마무리가 된 모양이었다. 나는 얼른 물을 잠그고 호스를 거두었다. 내 꼴이 똥물에 빠진 생쥐 같았다.

저녁은 라면으로 대충 때웠다. 아버지는 라면을 싫어하지만, 오늘은 군말 없이 먹었다. 설거지를 끝낸 엄마는 콜드크림을 얼굴에 발랐다. 엄마는 아무리 피곤해도 열 일 제쳐 놓고 저녁에도 세수하고 콜드크림으로 마사지했다. 누워서 얼굴에 정성을 들이는 엄마를 쳐다보았다. 대천해수욕장만 한 이마가 반딧돌처럼 반들반들했다. 파리가 이마에서 미끄럼을 타면 미끄러워서 잘 내려가겠다, 는 엉뚱한 생각하며 킥킥 웃었다. 나는 세수는커녕 양치도 하기 싫었다.

오후 여섯 시 삼십 분쯤 복덕방 사장이 집으로 찾아왔다. 농원을 팔라는 거였다. 경제개발 바람을 타고 부동산이 장난이 아닙미더, 너스레를 떨었다. 시세가 얼마나 합니꺼? 엄마가 물었다. 아마 샀을 때보다 세 배는 올랐을 걸요. 복덕방 사장이 대답했다. 당달봉사 문고리 잡았네. 자갈밭이 효자요. 엄마는 아버지를 쳐다보며 헤벌쭉 웃었다. 당장 팝시더, 엄마가 말했다. 안 팔아요! 퇴직하면 꽃이나 키우고 살 겁니다. 아버지는 단호히 거절했다. 복덕방 사장이 아쉬운 듯 돌아섰다. 엄마는 걸레로 마루를 닦으며 닫힌 아버지 방문을 향해 말했다. 방 안에 있는 아버지가 들으라는 거였다. 그 땅 팔아서 집에다 꽃나무를 심으면 될 걸 저리 '늘풍수'가 없으니 평생 접장질이나 하지, 하여튼 돈 버는 데는 젬병이라니까. 뭐라고! 아버지는 불같이 화를 내며 방문을 박차고 나왔다. 아니, 하늘이 맑다고, 엄마는 회색 구름 낀 흐릿한 하늘을 쳐다보며 작은 소리로 말했다.

다음 날 새벽, 아버지는 꽃이 걱정되어 농원에 갔다. 출근할 시간 즈음 아버지는 강씨 아들을 데리고 왔다. 그 아이 얼굴에 눈물 자국이 꾀죄죄하게 묻어 있었다. 나는 아버지가 강씨 아들을 왜 데려왔을까 생각했다. 당번이라 학교에 꽃을 가져가야 한다는데 강씨한테 욕만 얻어먹고 집 앞에서 울고 있더라, 아버지가 말했다. 니, 너거 아부지가 호박꽃도 꽃이니까 밭에 가서 그거 꺾어 가라고 했제? 안 봐도 삼천 리다, 내가 아버지의 말에 덧붙였다. 강씨 아들이 고개를 끄덕였다. 아버지가 화단에 핀 장미와 백합을 꺾어서 꽃다발을 만들어 주었다. 꽃이 필요하면 언제든 오너라. 아버지가 강씨 아들의 머리를 쓰다듬었다.

나는 강씨 아들 손을 잡고 걸었다. 학교 가는 방향이 같았기 때문이다. 십 미터 정도 떨어진 거리에서 강씨가 오고 있었다. 나는 꾸벅 인사했다. 아따, 이 땅에 내년에 콩 심으모 잘 되것네, 강씨가 농원을 지나며 혼잣말하는 소리가 들렸다. 강씨 손에 토마토와 가지, 오이, 열무가 한가득 들려 있었다. 강씨 발걸음이 우리 집으로 향하는 것 같았다.

마지막 한 방

월남에서 콩까이가 왔다. 사내아이와 함께.

내가 엄마와 함께 외갓집에 갔을 때 콩까이는 엎드려서 대청마루를 닦고 있었다. 닦은 마루는 반들반들했고 닦지 않은 데는 먼지가 부옜다. 콩까이는 우리의 시선을 느꼈는지 손에 걸레를 쥔 채 일어서서 우리를 쳐다보고 미소를 지었다. 머리카락이 허리까지 길었고 까무잡잡한 얼굴에 체격이 작았다. 댓바람이 뒤꼍 대나무 숲에서 열린 마루문으로 들어왔다. 초봄이라 아직 바람은 찼다. 방으로 들어가자 낯선 사내아이가 방문을 열어 둔 채 콩까이 모습을 지켜보고 있었다.

외삼촌은 해먹에서 자고 있었다. 오빠, 오빠, 엄마가 연거푸 외삼촌을 불렀다. 외삼촌이 게슴츠레 눈을 떴다. 아직도 꿈인지 현실인지 어리바리했다. 지금 몇 신데 여태 자고 있소. 엄마의 힐책에는 게으른 피붙이의 모습을 나에게 보여 주고 싶지 않은 민망함이 묻어 있었다. 손목시계를 보니 오후 1시 40분이었다.

외삼촌이 해먹에서 내려왔다. 방 안에 해먹을 걸어 놓은 게 이상해서 나는 해먹을 쳐다보았다. 이거, 저 애 때문에…… 환경이 바뀌어서 잠을 못 자, 외삼촌이 눈으로 사내아이를 가리켰다. 어이, 외삼촌이 마루에 있는 콩까이를 불렀다. 콩까이가 방으로 들어왔다. 외삼촌이 콩까이와 사내아이에게 월남어로 고모네, 라며 우리를 소개했다. 콩까이는 양팔을 ㄴ자 형태로 꺾어서 팔짱을 끼듯이 하고는 손바닥이 보이지 않게 허리를 숙여 공손히 인사했다. 왼손에 야구공을 쥔 사내아이는 다리를 쭉 뻗고 앉아서 인사했다. 신짜오, 킴솔입니다. 사내아이의 오른쪽 무릎이 뭉툭했다. 무릎 아래로 다리가 없었다. 콩까이가 월남어로 뭐라고 말하자 사내아이가 의족을 신었다. 외삼촌이 사내아이 발을 잡고 의족 끼는 걸 도왔다. 우리가 갑자기 찾아와서 콩까이와 사내아이는 무방비 상태에서 보여 주고 싶지 않은 모습을 우리가 봤다고 불쾌하게 여길지 몰랐다. 미안했다. 사내아이는 월남에서 공을 주우러 가다가 지뢰를 밟아서 다리를 잃었다고 외삼촌이 말했다. 외삼촌은 월남에 두고 온 가족이 있다고 했으나 사내아이가 장애라고 말한 적은 없었다. 이 아이 때문에 월남의 가족을 잊지 못한 걸까. 콩까이는 말이 통하지 않은 어색함을 지우기 위해서인지 눈이 마주치면 미소를 지었다. 미소가 언어인 듯했다.

잠시 후 콩까이가 쌀국수를 상에 내왔다. 난생처음 먹어 보는 쌀국수는 쫀득하고 맛있었다. 그런데 국물에 머리카락이 떠 있었다. 나는 긴 머리카락을 젓가락으로 집어 상 위에 올려놓았다. 그 모습을 본 콩까이 얼굴이 빨개졌다. 귀밑에 땀이 송글 맺혔다. 나는 괜찮다고 한국 말로 했다가 그녀가 너무 당황하는 바람에 어쩔 줄 몰라 오케이, 오케이 영어로 말했다가 노프라브럼, 다시 말했다. 그녀는 손목에 차고 있던 고무줄로 긴 머리를 뒤로 묶었다. 집에서라면 즉시 숟가락을 놓았을 텐데 나는 콩까이가 미안할까 봐 국물도 남기지 않고 다 먹었다. 외삼촌은 국수를 천천히, 꼭꼭, 백번은 씹고 삼키는 것 같았다. 외삼촌이 밥 먹다 조는 게 아닌가 했으나 그런 것 같지는 않았다. 외삼촌이 국수를 먹다 말고 신문을 집어 들었다.

외삼촌, 얼른 자시이소. 국수 다 퍼집미더.

밭 맬 일이 있나.

국수를 한 입 먹고는 신문을 펼치며 외삼촌이 말했다.

자신은 대대로 내려오는 양반이니 상놈처럼 얼른 밥 먹고 나가서 일할 필요가 없다는 거였다.

밥상 치워야지예.

나는 기다리다 짜증이 나서 말했다. 먼저 일어났다가는 어른 밥 먹는데 버릇없다는 잔소리를 들을 게 뻔했다.

제사 지낼 장은 봤소?

엄마가 물었다.

외할아버지 기일이었다. 제사 지낼 장은 원래 남자가 봤다. 그 일마저 귀찮아진 외삼촌은 시대가 바뀌었다는 핑계를 대면서 외숙모에게 은근슬쩍 떠넘긴 듯했다. 외숙모가 보이지 않는 걸 보니 외삼촌 대신 시장에 간 모양이었다.

몰라, 알아서 하겠지.

심드렁히 말하는 게 외삼촌의 말버릇이었다.

사내아이는 국수를 한 젓가락 떠먹고는, 공을 벽에 던지며 손으로 받았다. 김솔! 콩까이가 엄한 목소리로 말했다. 그러자 사내아이는 다시 상 앞에 앉아 숟가락으로 국수를 떠먹었다. 밥 먹다 해찰하는 게 외삼촌을 그대로 빼닮았구나, 나는 생각했다. 사내아이 다리 곁에는 탁구공, 야구공, 럭비공, 골프공, 핸드볼공, 농구공, 축구공 등이 그물 자루에 들어 있었다.

콩까이가 말린 감 같은 걸 접시에 담아 왔다. 노랬다. 망고 말린 거라고 외삼촌이 말했다. 처음 먹어 보는 망고는 쫀득하고 새콤달콤한 젤리 맛이었다. 망고로 자꾸 손이 갔다. 콩까이가 상자에 든 망고를 나에게 건넸다. 선물이라고 했다. 나는 미처 선물을 준비하지 못해 줄 것이 없었다. 그녀의 앞머리가 자꾸 흘러내려 눈을 찌를 듯했다. 내 머리에 꽂혀 있던 머리핀을 그녀의 머리에 꽂아 주었다. 콩까이가 미소를 지었다. 그저께 학교 문방구에서 천 원 주고 산 거였다. 오늘 처음 사용했으니 새것이나 마찬가지였다. 사내아이에게는? 체육 준비물로 샀던 배드민턴공을 가방에서 꺼냈다. 그 아이 손에 쥐여 주었다. 사내아이가 배드민턴공을 이리저리 살폈다. 배드민턴 채는 없고 공만 있으니 이상했다. 다음에는 채를 가져다주어야겠다. 그런데 의족을 신고 배드민턴을 할 수 있을까.

오빠, 병원에서 뭐라고 그랍디꺼?

외삼촌은 얼마 전 건강검진을 받았다.

결과 나오려면 며칠 있어야 한다고. 몰라, 알아서 하겠지.

남의 일이요? 하기야 걱정할 사람도 아니고…….

외삼촌은 무사태평하고 무량태수였다. 외삼촌의 하루는 바쁘게 생활하는 사람의 일주일과 맞먹었다.

외삼촌이 숟가락을 놓자 콩까이가 상을 들고 나갔다. 사내아이도 콩까이 뒤를 따라나섰다. 외삼촌은 아랫목에 벌렁 누워 죽부인을 껴안았다. 어린애가 애착 인형을 손에서 놓지 않듯이 외삼촌은 방에서 죽부인을 끼고 살았다.

내가 어릴 때 외삼촌이 밥 먹고 바로 누우모 소 된다꼬 안 했습미꺼.

순영이 너 내 대신 변소 좀 다녀올래. 십 원 주께.

외삼촌이 방귀를 뀌었다. 냄새가 지독했다. 스컹크가 따로 없었다.

아, 진짜!

'빌어묵것다'는 아버지의 말이 하나도 틀리지 않다는 생각이 들었다. 술 취한 아버지의 잔소리 레퍼토리 중 빠지지 않는 것이 외삼촌의 뒷담화였다. 게을러서 '빌어묵을 인간'이라고. 어릴 적부터 들은 세뇌 교육 탓에 나는 '빌어묵는다'라는 게 제일 무서웠다. 외삼촌은 내 삶의 반면교사였다. 외삼촌처럼 살면 '빌어묵으니까' 나는 외삼촌을 닮지 않으려고 노력했다. 어른이 되어 닮으면 어쩌나 늘 걱정이었다.

누워 있던 외삼촌이 일어나 죽부인을 허리 뒤에 받히고 벽에 기대어 앉았다. 내가 월남에 갔을 때 말이다, 하고 운을 뗐다. 외삼촌은 그 이야기가 아직 통한다고 생각하는 걸까. 요즈음은 아무도 귀 기울이지 않는 이야기를 하는 외삼촌이 안쓰럽기도 하고, 놀려 주고 싶기도 해서 나는 관심 있는 척 예, 외삼촌, 하고 곁으로 다가갔다. 외삼촌은 월남에 다녀온 후 두서너 명만 모이면 월남 이야기로 '썰'을 풀었다. 기묘한 하롱베이의 자연 풍광이며, 리샥을 타고 다니는 월남 사람들의 생활, 메콩강의 수상 가옥에 사는 사람들, 망고, 코코넛 등에 관한 이야기는 맛깔나서 듣는 사람도 실제 가 본 듯, 맛을 느껴 본 듯했다. 캄보디아의 앙코르와트에는 거대한 나무뿌리가 사원을 감싸고 있다는 이야기, 크메르인의 역사, 힌두교 사원은 언젠가 가 보고 싶었다. 촌철살인의 '썰'에 배꼽을 잡으며 웃기도, 눈물 콧물을 흘리기도, 꼴깍 침을 삼키기도 했다. 클라이맥스 즈음에, 와 이리 목이 마르노 외삼촌은 뜸을 들였다. 그러면 사람들은 막걸리나 박카스를 내밀었다. 외삼촌이 삐까번쩍 빛이 난 건 월남에 다녀온 후 일 년 남짓이었다.

티브이에 드라마 〈여로〉가 방영되자 외삼촌의 인기는 수그러들었다. 그러자 점점 무기력해졌다. 월남전에서 무기력증이라는 병에 걸려 왔는지 쩨쩨파리에 물려 왔는지 잠으로 세월을 보냈다. 자고 또 자고, 사흘 내리 잠만 자는 외삼촌을 엄마는 잠귀신이 씌었다고 말했다. 내가 기억하는 외삼촌은 닭이 약 먹고 졸고 있는 듯한 모습이었다.

외삼촌이 앨범을 넘겼다. 여가 어디미꺼? 나는 사진을 가리켰다. 사진을 설명하는 외삼촌은 월남에 있던 그 당시로 되돌아간 듯 모처럼 눈이 빛났다. 캄보디아 프놈펜에서 미군과 서 있는 사진, 금빛 장식이 화려한 태국의 왕궁, 노을 지는 메콩강에서 흰 아오자이를 입고 농라를 한 손으로 살짝 잡으며 미소 짓고 서 있는 콩까이 사진.

외삼촌은 월남전에 기술자로 갔으나 사실은 통역을 했다. 남들은 월남에서 달러를 벌어 온다는데, 하다못해 전기밥솥이라도 들고 온다는데, 외삼촌이 갖고 온 것은 커피와 일제 니콘카메라, 미군에게서 얻은 레코드판, 영문 시집 몇 권, 그리고 사진뿐이었다.

외삼촌은 월남에서 돌아온 후에도 콩까이와 연락을 주고받았다. 전쟁 중임에도 콩까이는 권력과 뒷돈을 쓰고 제3국을 거쳐서 우리나라로 왔다. 콩까이네는 월남에서 커피를 재배했는데, 외삼촌이 미군에게 커피 파는 판로를 열어 주었다. 그 덕분에 그녀의 집은 전쟁 중에 커피를 팔아서 떼돈을 벌었다. 몸을 움직이는 고된 일이었다면 외삼촌은 나서지 않았을 것이다. 미군과 영어 몇 마디로 해결되는 일이라 했을 것이다.

외삼촌이 벽장에서 커피머신과 커피잔을 꺼내었다. 좋은 커피를 마시는 것이 외삼촌의 문화생활이라고 말했다. 외삼촌이 커피 가루를 기계에 넣고 압축했다. 작은 커피잔을 머신 아래에 놓았다. 커피가 쫄쫄 내려왔다. 커피콩을 갈고 커피를 내리는 게 노동이라면 외삼촌의 유일한 노동이다.

커피 마실래? 외삼촌이 물었다. 엄마는 고개를 저었다. 나는 외삼촌의 문화생활이 궁금해서 고개를 끄덕였다. 외삼촌이 작은 잔에 진한 커피를 내밀었다. 한 모금 마시다가 나는 뱉어냈다. 써 써, 우웩. 외삼촌이 히죽 웃었다. 에스페르소 쓴맛을 알아야 인생의 쓴맛을 안다. 외삼촌이 커피를 한 모금 마신 후 말했다. 헹, 똥개 메리가 웃겠다. 나는 어이가 없어서 깔깔깔 웃었다. 외삼촌이 인생을 알아? 외삼촌이 인생의 쓴맛을 안다면 고작 십 대인 나도 사랑의 쓴맛을 안다고 말할 수 있을 거였다. 열정이라고는 없는, 미치도록 일해 본 적 없는 사람이 인생을 안다고? 외삼촌의 인생은 물에 물 탄 맛, 미적지근한 맹물 맛일지 몰랐다. 엄마는 외삼촌의 말이 같잖다는 듯 대꾸도 하지 않았다.

외삼촌은 에스프레소 한 모금 마시다가 월남에서 생산되는 유명한 루왁커피라며 자랑도 덧붙였다. 루왁이든 우웩이든 이것이 외삼촌의 문화생활이라면 나는 사양하겠다. 하지만 외삼촌에게 커피는 그리움이고 사랑일지 모른다. 사랑도 부지런해야 한다는데…… 외삼촌은 다 마신 커피잔을 씻지도 않고 오래전 놓아둔 커피잔 위에 포개어 놓았다.

외삼촌이 월남에 갔다 온 후 얼마 지나지 않아서였다. 외숙모가 커피를 들통에 한가득 탔다. 음식에 미원을 치듯이 설탕도 듬뿍 넣었다. 동네 한가운데 있는 정자로 갖고 갔다. 이기 월남에서 비행기 타고 온 귀한 커피요. 외숙모는 커피를 바가지로 퍼서 사발에 담았다. 공짜라모 양잿물도 마신다는데 일단 마시고 보자. 동네 사람들은 막걸리 마시듯이 한 사발씩 커피를 들이켰다. 이기 그 귀한 커피가? 촌놈 입이 출세하네. 커피를 마시고 일하모 인삼맨치로 힘이 난데이. 안 피곤하고 능률도 오르고 좋다 하데. 다들 한마디씩 공치사를 하며 커피를 마셨다. 다음 날도 정자에 동네 사람들이 모였다. 밤새 잠 한숨 못 잤다. 니는 잤나? 내사 가슴이 벌렁거리고 심장이 뛰어서 죽는 줄 알았다. 아이고 촌놈 입에는 막걸리가 최고인기라. 손을 휘휘 저었다. 그 후, 외숙모는 외삼촌이 커피를 마시면, 그깟 커피야 창자에 기름 낀 인간들이나 마시지. 가뜩이나 먹은 기 없어 속 쓰린데 속을 핥아 불라고 그랍미꺼. 인삼차 마시이소. 외숙모의 말투에서 콩까이에 대한 질투가 느껴졌다.

외삼촌이 레코드판에 바늘을 올려놓고 재즈를 틀었다. 나는 재즈가 째지게 시끄러웠다.

오빠 '월남에서 돌아온 김 상사' 틀으이소.

이렇게 수준이 안 맞아서야.

레코드 앨범에는 흑인 남자가수의 사진이 붙어 있었다. 루이 암스트롱이었다. 그가 월남에 미군 위문 공연을 와서 「what a wonderful world」를 불렀다고 외삼촌이 설명했다.

뭔 말인가 알아듣도 못하는 꼬부랑말은 수준 높은 사람끼리나 듣고.

엄마의 말속엔 아버지와 외삼촌을 빗댄 가시가 박혀 있었다. 아버지는 외삼촌 흉을 보면서도 그래도 말은 제일 잘 통하니라, 라고 말했다. 두 식자는 대화 중 곧잘 영어나 일어를 섞어서 말했다. 칸트가 어쩌고 루소가 어쩌고, 공자가 이렇게 말했다, 중용에 이르기를 하며, 석학들의 저서를 인용했다. 두 식자의 공통점은 못 하나도 박을 줄 모르고 전구도 갈 줄 모르고 문풍지도 붙이지 못한다는 점이다. 칸트가 누구 집 귀신인가 몰라도 엄마는 제삿날 부엌칼이나 갈아 주는 게 백번 낫다고 말했다. 학문은 '실사구시'가 중요하다고 윤리 시간에 배웠다.

외삼촌은 돈 한 푼 번 적이 없었다. 평생 놀고먹었다.

장애가 있는 것도 아니었다. 감기에 걸린 적도 없었고, 몸살로 몸져누운 적도 없었다. 잘 먹고 소화 잘 시키고 잘 자서 눈치 없이 건강한 게 장애라면 장애였다. 경제 활동 능력이 없는 것은 아니었다. 서울대학교 공대 기계공학과 졸업, 미국 영화배우 그레고리 펙을 닮아 인물 또한 훤칠했다. 돈을 못 버는 게 아니라 안 버는 거였다. 원하면 일자리는 널려 있었다. 자격증을 맡겨 놓고 가끔 얼굴만 내밀라는 회사도 있었다. 창원공단이나 마산 수출자유지역에 있는 회사에서 책상을 마련해 놓고 기다리는 곳도 있었다. 지인들은 너나없이 입방아를 찧었다. 사지육신 멀쩡한 인간이 배운 게 아깝다고. 그러나 외삼촌은 이렇게 말했다. 내 삶의 목표가 놀고먹는 거야.

커피도 안 마시고 좋아하는 재즈도 못 들으면 무슨 맛으로 살겠는가. 이 암울한 세상에…… 커피하고 재즈는 가까이할수록 빠진다 애인처럼.

나는 무슨 맛으로 살까. 모르겠다. 그냥 하루하루 열심히 사는 수 밖에.

이 축음기 아버지가 산 기가 오빠가 산 기가?

외삼촌이 손바닥으로 레코드판을 닦으며 대답했다.

아버지가 무슨 맘으로 내 말을 듣고 샀는지, 콩으로 메주를 쑨다 해도 내 말은 안 듣던 양반인데.

학사모를 쓴 외삼촌의 대학 졸업사진이 벽에 붙어 있었다. 흑백 사진은 점점 누렇게 변해 갔다. 외삼촌은 대학 3학년 때 한전에 스카우트되었다. 점심시간에 직장 동료와 이발소에 갔었다. 손님이 많아 차례를 기다리는 동안 한일회담이 굴욕적이라며 외삼촌은 '밥통' 정권을 비방했다. 가만히 듣고 있던 이발소 주인의 신고로 경찰에 잡혀갔다. 마침 경찰인 사촌 형이 손을 써서 풀려났다. 외할아버지는 문중의 힘을 빌려 한전의 높은 분을 찾아가 선처를 바란다며 깊이 고개를 숙이고 외삼촌을 다시 그 자리에 앉혀 놓았다. 그런데 외삼촌은 말도 못 하는 세상, 더러워서 못 해 먹겠다며 한 달도 못 버티고 박차고 나왔다. 그 뒤 충무로 영화판에 뛰어들었다. 친구들과 영화를 만든다며 돈을 끌어갔으나 영화는 상영도 못 하고 망했다. 그때 외갓집에서 영화의 몇 장면도 찍었다.

찢어진 창호지 틈으로 아래채 지붕이 보였다. 기와 사이로 잡초가 눈에 들어왔다. 팔작지붕에 아흔아홉 칸 집이었다. 문간채도 행랑채도 별채도 하물며 사당도 팔았다. 남은 것은 안채, 사랑채, 아래채, 곳간뿐이었다. 그조차 관리하지 않아 점점 쇠락해 갔다. 외갓집은 몰락한 조선의 마지막 왕조 같았다. 나는 비애감을 느꼈다. 증조외할아버지가 일구어 놓은 만석꾼 살림이 어쩌다 이 지경이 되었을까.

외삼촌, 하나 물어볼 게 있는데예, 우짜다 집이 이렇게 되었습미
꺼?

음, 너도 중학생이니 알 필요가 있겠다. 잘 들어 봐라. 구한말에는
활빈당이 약탈해 갔지. 동학군은 동학군 자금으로 갖고 갔단다. 일제
강점기 때는 토지 수탈로 빼앗기고, 일본 놈은 군수 자금으로 뜯어가
고, 독립군은 독립 자금으로 뜯어 갔어. 해방 후에 화폐 개혁이 세 번
있었는데 그때도 재산이 축났지. 6·25 때도 재산을 많이 잃었어. 빨
갱이는 빨갱이대로 뜯어 가고 노비들도 제 살길을 찾아 떠났지. 전쟁
이 끝나고 살 만하니 이제는 박정희가 도시 계획을 한다는 거야. 땅을
그저 먹을라고 공시지가도 안 되는 싼 가격으로 보상비를 책정했어.
……세상이 도둑놈 소굴이다.

외삼촌이 일어나 레코드판을 바꿔 턴테이블에 놓았다. 도리스 데
이의 「que sera sera」이다.

외삼촌의 말을 받아서 엄마가 입을 열었다.

어디 그뿐인 줄 아나? 집이 망할라 하모 먼저 사람이 상하는 기라.
첫째 외삼촌이 신혼여행 가서 복막염으로 죽었다. 그 오빠는 동경제
대 의예과 나와가 진짜 똑똑했거든. 외할머니도 일찍 돌아가셨제. 또
막내 외삼촌도 집을 나가서 행방불명 되었제. 그라고 서울 사는 너거
외삼촌들이 심심하모 내리와서 땅 팔아 가제. 머시 남아 나겠노.

그러니까 둘째 아들이자 형제 중 제일 못난 태수 외삼촌이 외할아
버지 곁에 빌붙어 제사를 지내며 살게 된 것이다. 하지만 외할아버지
는 땅문서와 경제권을 틀어쥐고 태수 외삼촌에게는 쉽게 내놓지 않았

다. 생활비는 물론 자식의 교육비도 외삼촌은 평생 외할아버지에게 타서 썼다. 외할아버지는 내가 국민학교 다닐 때 돌아가셨다. 좋은 땅은 다 팔고 결국 팔리지 않는 땅과 집이 남았다. 크게 넉넉하지는 않지만 검소하게 살 만큼은 됐다.

이러니 내가 일할 맛이 나겠냐. 살림을 일궈 나도 또 뜯어 갈 게 뻔한데. 케 세라 세라다.

외삼촌은 말을 끝낸 후 다시 대자로 벌러덩 누워 죽부인을 품었다.

대를 이을 아들이 없으니 더하제. 조개 그까짓 것 있으나 마나.

엄마가 일갈을 던졌다.

외삼촌은 자식 여섯 명이 모두 딸이었다. 외숙모는 기어이 아들을 낳는다며 생기는 족족 낳았는데 폐경이 와서 아쉽게 문을 닫았다. 헌데, 모계도 다르고, 타국에서 온 장애인이 아들이라는 이유로 가문을 잇고 대를 이을 장손이 될 수 있을까.

집이 망한 생각만 하면 속에서 열불 터진다며 엄마가 눈곱떼기 창을 확 열었다. 콩까이가 마당을 쓸고 있었다. 엄마는 콩까이에게 그만하고 들어오라고 손짓했다. 콩까이는 싸리 빗자루를 세워 놓고 또 미소를 지었다. 그녀가 부지런히 쓸고 닦은 덕분에 쇠락한 집이 다시 활기를 띤 듯했다.

방은 얻었소? 멀리서 온 사람을 저리 부리 묵어도 되나? 손을 보니 자기 집에서는 귀하게 컸겠더마는 ……올케는 그라모 죄 받는다.

말려도 본인이 좋다고 저러네.

외삼촌은 마당을 향해 어이, 그만하고 들어오시게, 콩까이에게 말했다.

콩까이가 외갓집에 왔던 날이었다. 평소에 전화를 않던 외숙모가 호떡집에 불 난 듯 호들갑을 떨며 전화했다. "고모, 그 여자가 뭐 뜯어 갈라꼬 왔으까." "뜯어 갈 게 있어야 뜯어 가지. 집떼까리를 들고 가겠소." 엄마는 외숙모를 진정시켰다.

오빠는, 그러니 나가서 살아야지. 올케가 보통 여시라야제. 오늘도 나가서 코빼기도 안 보이는 거 봐라. 올케는 식모 하나 새로 들인 줄 아는 기라.

분가하자 했지. 저 여자가 절대 안 나간다고 하더라구. 자기도 이 집 며느리인데 여기서 살아야 한다나.

외삼촌은 죽부인을 가랑이 사이에 끼우다가 다시 발아래 놓았다. 멍하게 벽시계를 쳐다보면서 초침 소리에 맞춰 손톱으로 방바닥을 톡, 톡, 톡 두드렸다. 무료함을 달래기 위한 버릇 같았다. 외삼촌은 월남에서는 콩까이 집에 빌붙어 살았다. 해먹에 누워 빈둥거리는 것이, 월남의 기후와 모계사회가 체질에 맞더라고 말했다. 외삼촌이 월남에 간 이유 중에는 외숙모를 피해서 도망간 것도 있을 것이다. 콩까이를 그리워하는 마음을 숨기고 월남에 다시 가서 돈을 벌어오겠다고 했으나 외숙모가 반대했다. 그 때문에 소원한 부부 사이가 더 벌어지고 이혼 말이 오갔다. 궁리를 거듭하다가 외삼촌이 내놓은 것이 호주 이민이었다.

비자가 언제 나오려나. 이 나라 돌아가는 꼴을 보면 희망이 없다 희망이 없어.

외삼촌이 말했다.

호주가 백호주의라 하더마는. 콩까이하고 가서 살라꼬 그라제. 오빠, 올케한테는 말 안 하께 맞제? 엄마가 말했다.

엄마는 기어이 외삼촌의 확답을 듣고 싶은 모양이었다. 외삼촌이 히죽 웃었다. 외삼촌이 이민을 가면 나도 호주로 유학을 갈 수 있겠다는 생각에 마음이 들뜨곤 했다. 외삼촌이 다시 손가락으로 방바닥을 탁, 탁, 두드리다가 방귀를 뀌었다. 파앙, 방귀 소리가 커서 지진 난 줄 알았다. 유독 가스에 질식할 것 같아서 나는 밖으로 나왔다.

곧이어 엄마도 외출복을 벗고 월남치마로 갈아입고 나왔다. 어시장에서 산 조기를 우물가에서 다듬었다. 나는 두레박으로 물을 길었다. 콩까이는 엄마가 다듬은 생선을 씻었다.

언젠가 우물가에서 양치를 하던 외삼촌이 두레박으로 물을 긷던 외사촌에게 말했다. 세숫물 좀 퍼라. 세숫대야가 외사촌 옆에 있었다. 아부지는 손이 없나 발이 없나! 외사촌이 앙살을 부렸다. 외삼촌은 더 이상 아무 말도 하지 않았다. 내가 세숫대야에 물을 담아 드렸다. 외삼촌이 자리를 떠났을 때, 니 너거 아부지한테 와 그라노? 돈을 못 버니까 그렇지! 쌀쌀맞은 외사촌의 말에 나는 깜짝 놀랐다. 아버지의 말이 법이 되는 우리 집과 너무 달랐다. 아버지가 돈을 못 벌면 자식한테 저런 대접을 받는구나. 멍멍이 메리처럼 천대를 받는구나. 새로운 깨달음이었다.

나는 우물 안을 들여다보았다. 시절이 바뀌고 인심이 변해도 외갓집 물맛은 변하지 않았다. 한결같은 성수 같았다. 전쟁 통에도 물에 약을 타서 해코지하는 사람도, 우물에 빠져 죽은 사람도 없었다고 언젠가 외삼촌이 들려주었다. 외갓집에서 나에게도 유산을 준다면 나는 우물을 갖고 싶었다. 세상에 대한 내 호기심처럼 외갓집의 우물은 퍼내고 퍼내도 마르지 않았다. 외갓집에 있으면 엄마의 뱃속에 있는 기분이었다. 미토콘드리아의 근원을 찾아가는 묘한 느낌이 들곤 했다. 엄마의 뱃속, 외할머니 뱃속, 증조 외할머니의 뱃속, 그 이전의 어머니들 뱃속. 우물은 그 어머니들의 뱃속이 아닐까. 그 어머니들의 혼이 우물 속으로 돌아간 게 아닐까. 우물에 하늘이 내려앉았다. 비행기가 비행운을 그리며 지나가고 있었다. 비행기가 우물 속으로 떨어질까 불안했다. 월남에 있을 때, 비행기에서 수증기 같은 게 내려왔다고, 해먹에 누워서 수증기를 맞으니까 엄청 시원해서 손으로 받아 얼굴에도 발랐다고, 그게 제초제인 줄도 모르고 그랬다고 외삼촌이 '썰'을 풀 때 말했던 게 기억났다.

외삼촌이 카메라를 들고 밖으로 나왔다. 콩까이는 등의 맨살이 드러난 줄도 모르고 일에 열중이었다. 바지 사이로 팬티가 보였다. 외삼촌이 그 모습을 카메라에 담았다. 엄마가 생선 내장을 곁에 놓인 구정물통에 던져 넣자 구정물이 튀어 올랐다. 외삼촌이 그 순간을 찍었다. 사내아이가 공을 잡으러 가다 의족이 벗겨진 모습, 내장이 터진 채 죽어 있는 쥐, 어린아이가 신문지를 깔고 똥을 누다 똥구멍에서 회충이 나오는 모습, 머리의 이를 잡는 모습이거나 발뒤꿈치 때, 동냥하러 온 거지, 앞니가 다 빠진 꼬부랑 할머니가 합죽한 입으로 웃고 있는 모습 등 있는 그대로를 찍었다. 나는 이해하기 힘들었다.

외삼촌, 예쁜 거 찍어도 다 못 찍으긴데 와 그랍미꺼?

추미(醜美), 알겠나. 그것도 사람 사는 모습이다.

신기해서 안 그라나. 본인이 고생을 해 봤어야지.

추미가 취미든 뭐든 엄마 말대로 신기해서 그런 거라면 힘없고 가난한 사람에 대한 모욕이라고 생각했다. 아홉 살 때라고 기억한다. 외갓집 변소는 텃밭 한쪽 귀퉁이에 있었다. 똥물이 발판 바로 밑에서 넘실거렸다. 나무 발판 사이 간격이 넓었다. 나무 발판 한쪽은 못이 빠져 삐거덕거렸고 똥이 조금 묻어 있었다. 나는 똥을 피해 가랑이를 벌려 쪼그려 앉았다. 발판의 똥을 밟을까 조심스레 발을 옮기다 미끄러져 똥통 속에 빠졌다. 몸이 쑥 들어갔다. 숨을 들이쉬자 코로 똥물이 들어왔다. 입을 꼭 다물고 눈을 감았다. 팔을 허우적거렸다. 이대로 죽는가 보다 했다. 엄마가 보고 싶었고 아버지도 생각났다. 외롭고 적막이 무서웠다. 하느님은 자고 있을까. 내가 똥통에 빠진 줄도 모르고. 하느님, 얼른 일어나 나 좀 구해 주이소. 다시는 나쁜 짓 안 하께예. 앞으로 엄마 말 잘 들으께예. 참말입미더. 소리를 지를 수도 없었다. 똥물이 내 키를 넘는 것 같았다. 난생처음 겪는 공포였다. 멍하고 아득한 뭐라고 설명할 수 없는 두려움이 밀려왔다. 마구 손을 휘저었다. 누군가 내 손을 잡았다. 있는 힘을 다해 그 손을 잡았다. 외삼촌이었다. 외삼촌이 화장실에 볼일을 보러 와서 나를 발견한 것이다. 나를 끌어 올린 외삼촌이 우물로 데리고 갔다. 외숙모와 외사촌은 물론 집 안에 있는 사람들이 모두 나왔다. 외숙모가 우물물을 길어 내 몸에 퍼부었다. 무지하게 추웠다. 이빨이 따다닥 부딪혔다. 외삼촌이 카메라를 들고 왔다. 연속으로 셔터를 눌러 나를 찍었다. 찰칵찰칵 소리가 나를 비웃는 것 같았다. 옷에 묻은 똥이 어느 정도 가시자 외숙모가 옷을 벗겼다. 알몸이 드러났다. 외숙모가 계속 찬물을 부었다. 외삼촌이 킥킥 웃었다. 그리 똥 좀 퍼라 해도 들은 신청도 안 하더마는 그때 펏으모 되낀데, 외숙모는 나를 씻기며 외삼촌에게 바가지 긁을 기회를 잡은 듯 말을 퍼부었다. 나는 울면서 손으로 아랫도리를 가리기 급급했고 가슴을 가리고 다리를 꼬았다. 외숙모가 가만히 있거라. 하며 내 몸에 비누를 칠했다. 나는 알몸이 부끄러워 자꾸 몸을 비틀었다. 더 크게 울었다. 뚝 그쳐! 그깟 일로 울어. 넌 살았잖아! 하며 외삼촌이 버럭 화를 냈다. 외삼촌이 화를 내는 모습은 그때 처음 봤다. 외숙모가 외사촌이 입던 옷을 갖고 와 입혀 주었다. 냄새난다고 사람들은 내 근처에 오지를 않았다. 나는 똥독이 올라 피부에 발진이 났다. 아무리 씻어도 몸에서 냄새가 나는 듯했다. 사람들이 나만 보면 흉보고 웃는 것 같아서 한동안 고개를 푹 숙이고 다녔다. 입도 닫았다. 이토록 창피한데 차라리 그때 변소에서 죽는 것이 나았을 거라는 생각이 들었다. 나 아니었으면 너 그때 죽었다. 어디서 죽었어? 똥통에 빠져 죽었다, 외삼촌이 놀렸다.

찰칵찰칵 소리에 기억에서 빠져나왔다. 외삼촌은 멍한 표정으로 서 있는 나를 찍었다. 사진은 찍지만, 게으른 외삼촌이 현상하려면 아마 몇 달이 걸릴 것이다. 외삼촌이 셔터를 누를 때마다 필름이 들어 있을까 의심이 들었다.

오빠가 옛날에는 안 그랬는데…… 옛날에는 예쁜 꽃만 보모 화병에 꽂아 놓고 그랬거든. 외할머니가 외삼촌더러 여자로 태어나긴데 잘못 태어났다고 했제.

변소에 빠졌던 다음 날, 외삼촌이 우리 집에 데려다주었다. 외삼촌과 버스를 타고 시외버스 터미널에 내렸다. 외삼촌이 내 손을 잡고 걸어가며 말했다. 월남에 있을 때 미군 폭격으로 동굴이 무너졌단다. 동굴 안에 사람이 갇혔어. 여성 군인들이라 하는데 많아 봐야 겨우 열 몇 살 먹었겠지. 피를 토하듯이 우는 소리가 밖으로 들렸다. 걔들이 그 안에서 뭣을 하겠어. 우는 것밖에 할 수 없었겠지. 그 절규를 듣고도 밖에 있던 동료 군인들이 구해 줄 수가 없었어. 바위가 동굴을 막고 있었거든. 군인들이 바위를 들어내려고 눈알이 튀어나올 정도로 용을 써도 바위가 끄떡도 안 하더라. 동굴 속에서 살려 달라는 소리가 희미하게 들리는데…… 참 미칠 일이지. 밖에서는 어떻게 할 수도 없고……그 열 몇 살짜리 여자애들이 제대로 싸워 보지도 못하고, 동굴 안에서 허무하게 죽어 갔겠지. 나는 해먹에 누워서 그걸 지켜보고 있었다.

나도 외삼촌을 모른 척 피한 적이 있었다. 마산에서 하는 전국체전 때 공설운동장의 단상에 외삼촌이 앉아 있었다. 사회자가 내외빈을 소개하자 외삼촌이 자리에서 일어나 인사했다. 나는 친구들에게 외삼촌이다, 말하지 않았다. 친구들이 너거 외삼촌 뭐 하는데? 묻는다면 집에서 논다, 말하는 게 부끄러웠기 때문이다. 나는 외삼촌을 피해서 멀리 떨어진 자리로 옮겼다. 외삼촌은 갓 쓰고 한복 바지저고리와 두루마기를 입고 도포를 걸치고 문중묘사를 지내거나, 넥타이를 매고 양복 입고 학교의 입학식과 졸업식, 운동회에 지역유지로 참석하거나, 새마을 지도자 회의에 나타나곤 했다. 행사에 불려 다니며 자리를 메우는 건 학생인 나와 비슷했다. 그런 외삼촌의 모습은 한복 품 사이에 바람이 드나드는 것처럼 헛헛했다.

제사를 지내기 위해 엄마가 뒤꼍의 벼락치기 문을 올렸다. 벽이 다 털리고 기둥만 남았다. 안과 밖의 구별이 없어지고 공간이 넓어졌다. 대청마루의 벼락치기 문이 천장에 올라가 있었다.

제사상에 차려진 음식은 없었다. 제수를 사러 시장에 간 줄 알았던 외숙모는 북면 온천에 목욕하러 갔다 온 모양이었다. 저녁 늦게 온 외숙모는, 인자 교회 다니니까 상은 안 차린다고 말했다. 제사 음식을 장만하기 싫은 핑계로 보였다. 제사상에는 외할아버지 사진과 불을 밝힌 초 두 개밖에 없었다. 외할아버지는 밥도 못 먹고 굶고 가시겠다는 생각이 들었다. 검은 양복을 차려입은 외삼촌이 성경을 읽었다. 외삼촌이 가문을 위해 한 일이라곤 재산을 말아먹은 것밖에 없었다. 그런 사람이 조상을 위한 제사를 지내다니. 찬송가를 삼절까지 불렀다. 나는 지루해서 하품이 나왔다. 외삼촌이 먼저 절을 했다. 그다음 엄마가 절했다. 외사촌과 내가 절을 하려고 할 때, 솔이 너도 절해라, 외삼촌이 말했다. 외숙모가 상 앞에서 두 팔을 벌려 가로막았다. 어디다 절을 하라는 기고. 야가 우리 집 손이가? 야는 손님이요 손님. 외삼촌은 비켜라, 대를 이을 장손이다. 외숙모는 못 비킨다며 실랑이를 벌였다. 엄마는 중립을 지켰다. 어른들의 눈치를 보던 사내아이가 울음을 터뜨렸다. 콩까이는 입을 굳게 다물고 사내아이 머리를 쓰다듬으며 달랬다.

제사를 지내고 늦은 저녁을 먹었다. 설거지하고 들어온 콩까이 손에 외삼촌이 크림을 발라 주었다. 그다음 외삼촌의 허벅지에 콩까이 머리를 뉘어 놓고 귀지를 팠다. 콩까이가 외삼촌의 손발톱을 깎았다. 사내아이가 작은 통을 가져와 담았다. 세 가족이 오붓한 시간을 보내는 데 방해가 될 것 같아 나는 밖으로 나왔다. 외삼촌 방에서 콩까이의 웃음소리가 새어 나왔다. 외숙모는 찬바람 부는 마당에 서서 웃음소리가 나는 방을 바라보고 있었다. 창호지에 세 사람의 그림자가 어룽거렸다. 외숙모는 아래채 방으로 들어갔다. 댓돌에 벗어 놓은 외숙모의 흰 고무신에 달그림자가 내려앉았다. 다정도 병인 양하여 잠 못 들어 하노라, 나는 어느 시구가 떠올랐다.

외삼촌과 외숙모는 서로 얼굴도 보지 않고 결혼했다. 외삼촌의 의사와 상관없이 외할아버지의 강요에 집안끼리 맺어진 결혼이었다. 외삼촌은 외숙모에게 사랑을 느끼지 못하는 것 같았다.

외숙모가 뒤주에서 쌀을 폈다. 콩까이가 곁에서 들고 있는 함지에 담았다. 외숙모는 아침마다 그날 먹을 쌀과 부식 거리를 콩까이에게 내주었다. 다른 여자한테 서방은 내줘도 곳간은 지키겠다는 거구만, 엄마가 혼잣말했다. 콩까이는 함지를 들고 우물가에서 쌀을 씻었다.

제사를 지내고 며칠 후 검사 결과가 나왔다. 외삼촌이 간암이라고 했다. 끄떡없더라. 먹는 거 보니 아나, 암아, 하겠더라, 낮에 문병을 다녀온 엄마가 말했다. 그날 밤, 통금 사이렌이 울리고 이십 분쯤 지나 외삼촌이 갑자기 위독하다는 전화를 잠결에 아버지가 받았다. 온 가족이 외갓집에 모였다. 서울에 사는 외삼촌들도 급히 내려왔다. 태수 외삼촌은 쌓인 대변이 딱딱하게 굳어서 장이 파열되었고 패혈증이 왔다고 했다. 화장실 가기가 싫어 변을 참다가 변비가 생긴 것일 거다. 외갓집 식구들은 외삼촌이 변비가 심하다는 걸 왜 아무도 몰랐을까. 외삼촌 또한 왜 가족에게 말하지 않았을까. 초췌한 외삼촌이 따뜻한 커피를 마시고 싶다고 말했다. 외숙모가 커피는 몸에 해롭다고 안 된다고 했다. 엄마가 눈짓하자 콩까이가 커피를 내렸다. 콩까이가 모여 있던 가족에게 커피를 돌렸다. 커피를 마시는 외삼촌은 행복해 보였다. 외삼촌은 가족의 모습을 지켜보며 옅은 미소를 지었다. 이불 밖으로 사내아이 손을 잡았다. 외삼촌을 위해 다들 웃는 표정을 짓고 있지만, 눈에는 눈물이 그렁했다. 내 눈물방울이 커피 속으로 떨어졌다. 눈물의 커피. 쌉쌀한 맛이었다. 커피 한 잔을 잘 마신 태수 외삼촌은 14시 15분에 숨을 거뒀다.

*

돈 한 푼 벌지 않은 외삼촌은 죽어서 가문을 살렸다. 죽기 전, 외할아버지 명의로 남아 있던 집과 땅을 외삼촌 명의로 해 놓은 것이다. 그리고 사내아이를 호적에 올려놓았다. 외삼촌이 그러리라고는 누구도 예상하지 못했다.

외갓집이 도시계획에 포함되었다. 아파트 단지가 들어선다고 했다. 보상금이 88억이었다. 남은 땅도 팔았다. 외숙모는 자식들에게 세금 떼고 9억 5천만 원씩 나누어 주었다.

월남 식구한테도 상속권이 있으니 줘야지.

엄마가 외숙모에게 말했다.

고모는 누구 편이요? 가가 누구 씨인 줄 알고 상속을 한다 말이요. 그 양반 자식이란 걸 우째 믿겠소. 막말로 다른 놈 씨를 데꼬와 갖고 김씨라고 하는지.

아이구야. 내사 한눈에 봐도 오빠 판박이더마는. 머리 뒤에 빨간 점 있는 거 우리 집 내림인 기라. 솔이 갸도 있더마는.

증거는 여기 있어요.

콩까이가 작은 통을 내밀었다. 외삼촌의 손·발톱을 담아 놓은 것이었다.

난 돈 필요 없어요. 월남의 우리 아버지 부자예요. 우리 솔이 여기서, 아버지 나라에서 학교 다니며 살게 해 주세요. 우리는 다시 돌아갈 수 없어요.

콩까이는 외삼촌의 '라도' 시계를 사내아이 손목에 채웠다. 그 시계는 콩까이가 월남에서 외삼촌에게 준 거라고 했다. 월남에서 찍은 사진이 든 앨범, 외삼촌과 주고받은 편지를 챙겨서 가져왔다.

이것은 제가 가질게요.

외숙모는 외삼촌 무덤의 흙도 마르기 전에 자식들이 사는 서울로 갔다. 콩까이와 사내아이는 매일 외삼촌의 무덤을 찾았다. 뉴스에서는 전쟁이 막바지에 이르렀으며, 미군이 철수한다고 했다. 월남에서 어느 정도 위치에 있던 사람들은 월남을 떠난다고 했다. 콩까이 아버지도 월남을 떠났을까. 콩까이 얼굴의 그늘이 점점 짙어졌다. 콩까이와 사내아이가 월남에 남아 있었으면 어떻게 되었을까. 사내아이는 여기서 학교에 다닐 수 있을까.

서울서 전세 살던 외사촌은 강남에 아파트를 샀다. 외숙모는 맨션 아파트를 샀다. 따뜻한 물도 나오고 기름보일러를 쓴다고 자랑했다. 외숙모의 얼굴에서 기미가 사라졌다. 푸른색 한복에 옥노리개를 차고서 온 식구를 대동해 마산 행복예식장에서 열린 육촌 결혼식에 나타났다.

외삼촌은 평생 놀고먹다가 마지막에 한 방으로 해결했다. 마지막 한 방······.

술을 마신 아버지는 외삼촌이 없는데도 변함없이 외삼촌의 뒷말에 열을 올렸다. 게을러서 '빌어묵겠다'고, 그래도 수준이 맞아서 말은 잘 통했느라고.

젖보
살

국어 시간이었다. 선생이 칠판에 판서하는 사이 책상 위로 쪽지가 날아왔다. 나는 쪽지를 펼쳤다. 복도 창가 쪽에 앉은 미순이가 보내온 것이다. 노트를 찢어 만든 쪽지는 딱지 모양으로 접혀 있었다. 순영아 오늘 우리 집에 갈래. ok. 쪽지를 다시 종이비행기로 접어서 미순이를 향해 날렸다. 미순이는 허리를 숙이고 교실 바닥에 떨어진 종이비행기를 주웠다.

오전에 수업이 끝났다. 어버이날이니까 일찍 집에 가서 집안일을 도와 드리라는 이유였다. 집에 가면 엄마는 없을 거였다. 어버이날을 맞아 엄마는 동네 계모임에서 새벽에 울릉도를 갔다. 내가 달아 준 카네이션을 가슴에 꽂고서. 엄마는 미순이 집에 못 가게 했다. 미순이와 어울리는 것도 싫어했다. 한 번만 더 그 동네 가모 다리몽댕이를 분질러 버릴 줄 알아라, 엄포를 놓았다. 하지만 엄마가 집에 없는, 절호의 기회를 놓칠 내가 아니다.

나는 미순이 할머니가 보고 싶었다.

사순절 때 성당에서 미순이 할머니를 본 게 마지막이었다. 미사 중 영성체 때였다. 신부님이 마지막 차례인 청년의 손바닥에 그리스도의 몸, 하며 영성체를 놓았다. 그때 별안간 청년이 픽 쓰러졌다. 영성체가 바닥으로 떨어졌다. 청년이 사지를 뒤틀고 입에 거품을 물었다. 신부님은 제단 앞에 서서 놀란 표정으로 청년을 쳐다보며 서 있었다. 미사가 잠시 중단되었다. 신자들이 웅성거렸다. 수녀님도 허둥대며 바닥에 떨어진 영성체를 주워 담았다. 복사도, 평신도회 회장도, 마리아회 회장도 아무도 나서는 신자가 없었다. 앞에서 두 번째 줄에 앉은 미순이 할머니가 흰 가제 손수건을 청년의 입에 물리고 고개를 옆으로 돌렸다. 가만히, 조금만 기다리면 깨어날 거라고 신자들에게 조용히 말했다. 잠시 후 청년이 깨어났고 할머니가 부축해 자리에 앉혔다. 할머니는 수녀님이 건넨 물수건으로 청년의 얼굴과 입가를 닦아 주었다. 미사가 끝나고 신자들은 간질 발작을 일으킨 청년의 뒷담으로 수군거렸다. 나는 조용히 성당을 빠져나가는 미순이 할머니를 보았다.

미순이와 나는 교문 앞 문방구로 직행했다. 카네이션을 사려는 학생들로 문방구점은 명절 대목을 맞은 듯 복잡했다. 빨간 카네이션이 문방구 쇼윈도 위 철삿줄에 줄줄이 걸려 있었다. 카네이션 아래에 '어머니은혜감사합니다.' 문구가 연 꼬리처럼 붙어 있었다. 카네이션을 두 개 사야 해. 하나는 엄마 꺼, 또 하나는 아부지 꺼, 미순이가 말했다. 같은 모양과 같은 크기의 카네이션임에도 미순이는 목을 빼고 한참 동안 골랐다. 그동안 나는 쇼윈도 안에 진열된 작은 꽃무늬 손수건과 브로치를 들여다보았다. 영롱하게 반짝이는 예쁜 브로치가 마음에 들었다. 허나, 내가 감당할 수 없을 만큼 엄청 비싸게 보였다. 포기했다. 손수건 두 개가 상자 속에 나란히 든 것을 샀다. 미순이 할머니에게 주고 싶었다. 곧 여름이라 손수건은 땀 닦기에도 좋을 터. 가격은 1,500원이었다. 1,400원이 호주머니에 들어 있었다. 가방을 샅샅이 뒤져서 일 원짜리까지 합하니 1,478원이었다. 어떡할까 망설였다. 그것만 주라, 나를 주시하던 문방구 아주머니가 말했다. 포장된 손수건 상자를 책가방과 함께 들었다. 그때까지도 미순이는 결정을 내리지 못하고 머뭇거렸다. 아직 멀었나? 미순이가 구원병을 요청하듯 나를 쳐다보았다. 저거하고 저거 해라. 내가 가운데 있는 카네이션 두 개를 가리켰다. 그제야 미순이는 저거 주세요, 말했다.

미순이 집은 시내버스로 학교에서 다섯 정거장 거리에 있었다. 한 정거장 정도 걸어서 버스를 타고 세 정거장이 지난 뒤 내려 다시 한 정거장은 걸어야 했다. 그럴 바에 차라리 걷기로 했다. 우리는 국민교육헌장을 누가 거꾸로 빨리 잘 외우는지 내기하며 걸었다. 틀린 사람은 이마에 '꿀밤 맞기'였다. 미순이가 먼저 시작했다. '자하조창 를사역 새 로으력노……' 미순이는 틀리듯 하더니 아슬아슬하게 넘어갔다. 3·15의거 탑을 지나고 시민회관을 지났다. 서성동으로 접어들었다. 그저께 비가 온 때문인지 도랑물이 불어나 있었다. 도랑가에 고만고만한 고마리가 빼곡했다. 미순이가 사는 동네는 해안가 저지대다. 폭우가 쏟아지면 종종 침수되곤 했다. 작년 장마에도 빗물이 마루까지 차올라 미순이가 바가지로 물을 퍼냈다고 말했다. 일제 강점기 때 일본인들의 거주지였던 미순이네 동네는 집들이 다닥다닥 붙어 있었다. 일본인들이 떠나고 창녀촌으로 변했다.

가게 유리문 안에서 불그스름한 불빛이 새어 나왔다. 가슴이 깊이 파인 긴 드레스를 입은 노랑머리 창녀가 하이힐을 신고 둥근 의자에 다리를 꼬고 앉아 있었다. 옆으로 트인 긴 치마 사이로 단단한 허벅지가 드러났다. 맨살의 허벅지를 쳐다보자 푸줏간 붉은 불빛 아래 진열된 소고기가 떠올랐다. 남자들은 돈을 내고 저 창녀의 살을 사 먹을까. 음습하고 불결하고, 뭔가 시커먼 비밀을 감추고 있는 듯했다.

중절모를 쓴 남자가 내 앞을 바삐 걸어갔다. 오빠 놀다가 서비스 잘해 줄게. 전봇대에 기대어 담배를 피우던 창녀가 중절모에게 다가가 팔짱을 끼며 말했다. 중절모가 창녀의 팔을 떼어 냈다. 그다음 집 앞에서 살짝곰보 창녀가 중절모의 허리띠를 잡고 집 안으로 데리고 가려 했다. 놔라, 와 이라노! 중절모가 살짝곰보의 팔을 뿌리쳤다. 그다음 집 가게 문에 기대어 그 광경을 지켜보던 긴 머리 창녀는, 중절모가 가까이 다가가자 모자를 낚아채 머리에 쓰고 집 안으로 들어갔다. 자기야 모자 찾을라모 들어와. 코맹맹이 소리로 말했다. 씹할년 갈보년이…… 중절모가 욕설을 내뱉으며 따라 들어갔다. 자기야 나랑 씹하게, 뒤이어 소리가 들려 왔다. 쭈굴망탱이든 새파랗든 남자 꼭지 달린 놈이 창녀들 가게 앞을 지났다가는 뼈도 못 추리고 다 털릴 것 같더라고 언젠가 엄마가 말했다. 창녀들은 먹이를 낚아채는 맹수의 눈으로 행인의 일거수일투족에 촉을 세웠다.

드디어 미순이 집에 도착했다. 미순이 할머니는 빨랫줄에 빨래를 널고 있었다. 빨간 팬티와 브래지어, 천 생리대, 검은 망사 팬티와 브래지어, 색색깔의 손바닥만 한 팬티가 빨랫줄에서 만국기처럼 바람에 나풀거렸다. 똥구멍조차 가려지지 않을 검은 망사 팬티가 마당에 떨어졌다. 할머니는 팬티에 묻은 흙을 털어서 집게로 빨랫줄에 고정했다. 엄마—아, 미순이가 할머니를 불렀다. 할머니는 고개를 돌려 마당 안으로 들어선 우리를 쳐다보았다.

반공일도 아닌데 일찍 오시는가?

할머니가 놀란 표정으로 물었다.

어버이날이라 빨리 마쳤어.

그제야 할머니는 손을 닦으며 활짝 웃었다. 눈꼬리 주름이 처지고 콧방울이 옆으로 벌어졌다. 입꼬리를 올리자 얼굴이 하회탈 같았다. 할머니 웃는 모습에 나도 덩달아 웃음이 났다. 할머니를 만나면 마음이 따뜻하고 편했다.

안녕하세요. 나는 고개를 깊이 숙였다.

어서 오시게.

할머니는 우리에게도, 동네 어린아이에게도 반말을 쓰지 않았다. 하물며 개밥을 줄 때도 많이 드시게, 말했다. 할머니는 배우지 못했지만 많이 배운 사람보다 훨씬 인품이 훌륭했다.

미순이 집은 디근 모양의 일본식이었는데 다다미를 들어내고 온돌로 개조했다. 우리는 미순이 방으로 들어갔다. 할머니가 신탄진에 불을 붙였다.

우리 엄마는 신탄진이 하느님이야. 엄마를 구원하는 게 신탄진이거든. 신탄진이 가슴에 맺힌 걸 내려가게 해 준대. 나도 이다음에 담배 피우끼다.

미순이가 말했다.

그라모 헌금을 담뱃가게에 하는 거네. 담뱃가게 주인이 신부님인가?

내가 맞받아쳤다.

미순이는 옷도 갈아입지 않고 엄마아, 어리광을 부렸다. 내가 있거나 말거나 할머니 스웨터 안으로 손을 쑥 집어넣고 젖을 조물딱조물딱 만졌다. 목이 파인 스웨터 안에 삶은 감자 속 같은 뽀얀 젖이 보였다. 젖이 크고 단단했다. 할머니는 헤벌쭉 웃으며 어미 개가 강아지에게 젖을 내어 주듯 미순이가 하는 대로 내버려 두었다. 내 강생이, 핵교에서 할미 젖 생각나서 우째 참았을꼬? 한 손에는 담배를 손가락에 끼우고 다른 손으로 미순이 엉덩이를 토닥거렸다. 미순이는 만족한 표정을 지으며 헤헤 웃었다. 두 사람의 모습이 너무나 자연스러워 보였다. 아무렇지 않은, 있는 그대로의 모습이었다. 미순이는 어릴 적, 추운 겨울날 밖에서 놀다 집에 오면 꽁꽁 언 손을 할머니 따뜻한 가슴에 쑥 집어넣곤 했다고 말했다. 아 차 아 차, 하면서도 할머니는 뿌리치지 않고 손을 녹여 주었다고, 차가워서 몸을 움츠리는 모습이 재미있어서 자꾸 그랬다고. 미순이가 예사로 하는 말이 자랑으로 들렸다. 미순이가 부러웠다. 할머니 젖을 조물딱조물딱, 나도 딱 한 번만 만져 보았으면. 나도 토닥토닥 해 달라고 엉덩이를 살짝 내밀려고 할 때 미순이가 할머니 젖가슴에서 손을 **뺐다**. 가시나, 해도 너무 한다 싶어 서운했다. 지난번 미순이 집에 왔을 때 나도 엉겁결에 할머니 품에 안긴 적이 있었다. 동네 입구에서 할머니를 발견했다. 미순이와 나는 저만치에서 우리 쪽으로 오는 할머니를 향해 뛰었다. 할머니가 두 팔을 벌리고 꼬옥 안아 주었다. 그때 물컹한 젖가슴의 느낌이 참 안온했다. 추운 바깥에서 떨다가 목욕탕의 온탕에 몸을 푹 담근 느낌이었다. 할머니 품에서 떨어졌을 때 나는 빨던 젖꼭지를 억지로 **뺀** 아기처럼 아쉬워서 울 뻔했다.

미순이가 책가방에서 도시락을 꺼냈다. 노란 양은 도시락 뚜껑을 열자 김칫국물이 밥에 번져 있었다. 책갈피에도 벌건 김칫국물이 묻었다. 밥 안 드셨는가, 할머니는 도시락을 쳐다보며 말했다. 아이고 내 정신 보소. 내 강생이 배 고푸시겠네. 담배를 끄고 방을 나갔다. 잠시 후 방문을 열고 얼굴만 내민 채, 소쿠리에 담은 삶은 갯가재를 방바닥에 내려놓았다. 이거라도 묵고 있으시게, 곧 밥 차릴 것이네. 침이 고였다. 나는 갯가재 껍질을 까서 살을 입에 넣었다. 꽃게보다 달짝지근하고 고소한 맛이 일품이었다.

친엄마가 곁에 있어도 할머니에게 엄마, 라고 부르는 미순이가 처음에는 이상했다. 엄마가 계모일까. 할머니가 낳은 늦둥이일까. 별의별 생각이 다 들었다. 미순이는 오랫동안 할머니가 자기를 낳은 진짜 엄마인 줄 알았다고, 할머니의 빈 공갈 젖을 빨고 자랐다고 했다. 요즘도 미순이는 할머니 젖을 만지고 잔다. 내가 미순이를 좋아하는 것은 실은 미순이 할머니 때문이다.

나는 할머니 정을 모른다. 외할머니는 엄마가 결혼 전에 돌아갔기 때문에 얼굴을 본 적이 없다. 친할머니는 치매에 걸려 내가 국민학교 2학년 때 돌아가셨다. 내가 기억하는 할머니는 동화 속 마귀할멈 같은 얼굴이었다. 쪼글쪼글 주름투성이 얼굴에는 저승꽃이 만발하고, 쪽을 진 백발에 백동 비녀를 꽂고, 왜소한 체격에 때 묻은 흰 무명 한복을 입은 할머니. 아버지 등에 업혀 어매야, 하며 찔찔 우는 치매 걸린 할머니. 아들을 영감이라 부르며 남편으로 착각하는 할머니. 엄마가 빨래터에서 빨아 온 이불 홑청을 빨랫줄에 너는 사이에 새 이불에 또 똥오줌을 싸 놓은 할머니. 엄마를 한숨짓게 하는 할머니. 내가 누구인지도 모르고 관심도 없는 할머니, 내가 기억하는 할머니 모습이었다.

갯가재 껍질이 수북이 쌓였다. 나는 갯가재 꽁다리를 열 손가락에 끼웠다. 찌른다, 찌른다, 미순이에게 겁을 주며 장난을 쳤다. 미순이가 몸을 피했다.

우리 엄마는 처녀야 처녀, 호적엔 아직도 처녀야.

할머니가 처녀라니? 그기 무슨 말이고?

미순이가 무심코 뱉은 말이 내 호기심에 걸려들었다.

그런 게 있어.

미순이가 입을 닫으려고 했다.

야, 너 의리 없이 그러기야.

나의 다그침에 친구 간의 의리를 중요하게 여기는 미순이는 어쩔 수 없는 듯 입을 열었다.

그라모 니 절대 누구한테 말하모 안 된다. 알았제. 약속해야 한다.

나는 미순이와 손가락 도장을 찍었다.

애를 안 낳아서 젖가슴이 처녀처럼 예쁜 거래.

미순이가 할머니 비밀의 문을 열려는 순간 방문이 열렸다.

식사하시게. 할머니가 상을 차려서 방으로 들고 왔다. 생멸치 조림과 생멸치 튀김, 갓 딴 싱싱한 상추도 있었다.

미순이가 책가방에서 카네이션을 꺼내어 할머니 가슴에 달아 주었다.

예쁘다. 미순이가 손뼉을 쳤다. 나도 덩달아 손뼉을 쳤다.

만다꼬 사 온다꼬. 맛난 거나 사 드시제.

미순이 할머니가 말했다.

어버이날이니까.

나는 가방에서 손수건을 꺼냈다.

순영이가 엄마 준다고 손수건 사 왔다. 봐라. 예쁘제?

할머니, 여름에 더울 때 땀 닦으이소.

아이고 무시라. 이리 예쁜 꽃으로 땀을 닦겠는가? 고마바서 우야 겠노. 나는 줄끼 없네.

아입미더. 괜찮아예.

나는 겉말은 그렇게 했지만, 그라모 할머니 젖 딱 한 번만 만져 보면 안 되까예? 속으로 말했다.

얼른 드시게. 할머니는 멸치조림을 상추에 싸서 입에 하나씩 넣어 주었다. 나는 그게 좋아서 입을 벌리고 차례가 오길 기다렸다.

어무이, 굵은 저음의 미순이 엄마 목소리가 들렸다. 미순이 엄마가 방문을 드르륵 열고 방 안을 들여다보았다. 미순이는 일어나 저희 엄마에게 카네이션을 가슴에 달아 주려고 했다.

아부지, 이거.

거 놔 뚜라. 그걸 달고 오데를 댕기것노.

나는 일어나 인사했다.

왔나? 밥 무라. 그리고는 어무이, 나갔다 오겠습미더, 할머니께 정중히 말했다. 할머니는 듣는 둥 마는 둥 데면데면했다.

오빠, 나 오늘 두 개.

수돗가에서 이를 닦던 창녀가 입에서 칫솔을 빼고 말했다. 창녀들은 미순이 엄마를 오빠라고 불렀다. 미순이 엄마가 일수 가방에서 수첩을 꺼내어 도장을 찍었다. 미순이 엄마는 예전에 잘나가는 포주였으나, 현재는 오갈 데 없는 늙은 창녀 몇 명만 데리고 있었다. 그리고 창녀들에게 일수놀이도 겸했다. 그러니까 미순이 등록금과 책, 용돈, 카네이션은 창녀들의 노동에서 나온 거였다.

미순이 집을 방문한 첫날, 다른 창녀 집에서 나오는 미순이 엄마와 마주쳤다. 미순이 엄마는 귀가 드러난 짧은 커트 머리에 검은색 선글라스를 쓰고, 얼룩무늬 해병대 점퍼를 입고, 옆구리에는 일수 가방을 끼고 있었다. 아부지 참고서 사게 돈, 미순이가 길에서 손을 내밀었다. 미순이 엄마는 난처한 표정을 지으며 가방에서 돈을 찾았다. 잔돈이 없는데…… 머뭇거렸다. 안 된다. 내일 숙제 검사한다, 미순이가 재촉했다. 나를 방패 삼아 돈을 타 내려고 꼼수를 부린 것이다. 미순이 엄마는 곁에 선 나를 흘깃 쳐다보았다. 나는 고개 숙여 인사했다. 야는 반장이다, 저거 아부지가 우리 학교 선생님이다, 교육자라고. 미순이 엄마는 또 나를 아래위로 쓱 훑어보았다. 결국, 가방 깊숙한 곳에서 만 원짜리 지폐를 꺼내었다. 공부 열심히 해야 한다이. 미순이에게 다짐한 뒤 다시 어느 창녀 집으로 들어갔다.

방금 만난 사람 남잔가 여잔가 맞춰 봐.

미순이가 싱글싱글 웃으며 말했다.

나는 미순이가 말 같지도 않은, 바보 같은 말을 한다고 생각했다.

아부지라며? 당연히 남자지.

땡.

여자야.

뭐?

실은 우리 엄마야.

엄마가 와 남자 옷을 입고 다니노? 남자 구두도 신고?

먹고 살라고 그라지. 미순이는 제 엄마 말투를 흉내 내며 말했다. 포주가 여자인 줄 알모 사람들이 얕잡아 볼 거 아이가. 우리 아부지 등에 용 문신도 있다.

에이, 그래도 아부지라고 하는 건 너무했다.

미순이는 말을 배울 때부터 아버지라고 불렀단다. 아버지가 아니고 엄마라고 가르치면 아버지야, 하며 울었다고. 미순이는 제 엄마에게 받은 돈은 참고서도 사지 않고 군것질로 썼다. 오늘 카네이션도 아마 그때 꼬불쳐 놓은 돈으로 산 것인지 모른다.

문간방에서 갑자기 비명이 들렸다. 곧이어 울음소리가 들렸다. 그 방 댓돌에 하이힐과 남자의 검정 구두가 놓여 있었다.

저년은 할 때마다 울고 지랄이더라. 시끄러 이년아!

미순이 엄마가 문간방을 향해 소리를 질렀다.

그래도 영자는 손님이 많잖우. 우는 소리에 환장하는 모양이지.

수돗가에서 이를 닦던 창녀가 대꾸했다. 그녀는 서울서 대학을 다니다가 미군부대 양공주가 되었는데 어쩌다 보니 이곳까지 굴러왔다고 했다.

이년아, 너도 노하우를 익혀서 밥값 좀 해 봐라. 공치지 말고.

미순이 엄마가 핀잔을 주었다.

그때, 대머리 중년 남자가 대문을 열고 들어왔다.

춘자야 니 서방 왔다!

미순이 엄마가 춘자의 방을 향해 큰 소리로 말했다.

건넛방에서 문이 열렸다. 눈 화장을 짙게 한 춘자가 시큰둥한 표정으로 남자를 받았다.

잠시 후 춘자의 방에서 노랫소리가 들렸다. 「목포의 눈물」이었다.

저 인간은 할 때마다 노래를 부르래. 변태 새끼야. 빨리 끝내도 않는다구. 지루야 지루. 위에선 그 지랄하고 밑에선 노래 부르고, 가관이잖우. 노래가 멈추면 꼴에 사내라고 또 뺨을 때려요. 춘자 언닌 안 맞으려고 노래 부르고…… 전엔 '학교 종'까지 부르더라구.

이를 닦던 창녀가 말했다.

미순이 집에서는 욕과 은어가 일상어였다. 일테면 아버지가 대화 중에 영어나 일어를 사용하듯이 말이다.

노래는 「목포의 눈물」 중 '님 그려 우는 마음'으로 구슬프게 넘어갔다.

저 화상은 따블로 주대. 어떤 새끼는 씹하는 데도 외상 깐다더만.

미순이 엄마가 말했다.

엄마, 수건!

이를 닦고 세수를 마친 창녀가 물 묻은 얼굴로 소리쳤다. 할머니가 수건을 가져다주었다.

니 오늘 손님 안 받나?

미순이 엄마가 이를 닦던 창녀에게 말했다.

씨발, 생리도 마음대로 못해. 오늘은 양이 많아서 못 받는다구. 오빠가 나 대신 좀 받아. 오빠 솜씨 좋잖아, 왕년에 날렸다며.

저년이, 미순이 엄마가 세숫대야 물을 이를 닦던 창녀에게 뿌렸다.

안 나가시는가?

할머니가 못마땅한 표정으로 미순이 엄마를 쳐다보았다. 할머니는 다른 사람에게는 친절하지만 미순이 엄마에게는 매운 시어머니였다.

미순이 엄마는 그제야 검은 선글라스를 쓰고 어무이, 댕겨 오겠습
미더, 대문을 나섰다.

미순이 할머니는 모두의 엄마였다. 창녀들도 엄마, 라고 부르며 따
랐다. 할머니는 창녀들의 속옷뿐 아니라 피 묻은 생리대도 손으로 빨
고, 삶고 말려서 챙겨 주곤 했다. 창녀들은 손님에게 맞고 터진 상처
를 할머니에게 하소연했다. 할머니는 그녀들의 말을 귀 기울여 들어
주고 마음을 다독였다. 창녀들은 너나없이 말했다. 엄마 때문에 이 짓
도 한다고, 우리의 대모라고.

할머니는 6·25전쟁 때도 피난 가지 않고, 미순이 진짜 아버지 한창
호와 이 집에서 살았다고 했다. 한창호는 악랄한 포주였으나 할머니
에게는 둘도 없는 효자였다. 미순이 엄마 김애심은 한창호가 술집에
팔아먹은 작부였다. 두 사람은 살림을 차렸다. 부부싸움을 한 날, 한
창호는 김애심을 복날 개 패듯이 패고는 폭우가 쏟아지는 밤에 집을
나갔다. 술에 취해 걸어오다 선창가 부두에서 미끄러져 바다에 빠져
죽었다. 사람들은 한을 품고 자살한 창녀가 한창호를 물귀신 만든 거
라고 했다. 할머니는 며느리가 내 아들을 잡아먹었다고, 김애심이 한
창호를 바다에 밀어 넣었다고 의심했다. 한창호가 죽자 김애심은 한
창호의 옷을 입고 포주 자리를 꿰찼다, 라고 언젠가 미순이가 할머니
와 엄마가 티격태격하는 말을 엿듣고 비밀이라며 들려주었다.

할머니가 다 먹은 밥상을 들고 나갔다. 미순이는 달력의 그림 속, 여
자 젖꼭지에 붙여 두었던 껌을 떼어 냈다. 양쪽 엄지와 검지로 껌을 펼
쳐서 돌돌 말아 눌렀다. 껌에서 따다닥 소리가 났다. 나는 미순이가 준
풍선껌으로 풍선을 불었다. 책상 밑에 『선데이 서울』과 『플레이보이』 잡

지가 숨어 있었다. 나는 잡지를 꺼내어 펼쳤다. 미순이가 곁에서 잡지를 넘겼다. 미순이는 『선데이 서울』을 하도 많이 봐서 몇 페이지에 어떤 사진이 있으며, 이 장을 넘기면 다음에 무엇이 나오는지 내용을 달달 외우고 있었다. 공부를 그렇게 해 봐라. 남편 레벨이 바뀐다, 나는 미순이 머리를 쥐어박으며 '담탱'이 흉내를 냈다. 교과서가 이리 재미있으므 공부하지 마라고 말려도 한다, 미순이가 대꾸했다. 『플레이보이』 잡지에는 실오라기 하나 걸치지 않고 다리를 꼬고 누워 있는 여자 사진, 머리가 노란 서양 여자가 가랑이를 벌리고 음부를 드러낸 사진도 있었다. 음부에 노란 털이 보였다. 서양 여자는 음모가 노란 걸까. 나는 그 사실을 오늘 알았다. 놀랍고 신기했다. 남녀가 옷을 홀딱 벗고 입을 맞추는 장면을 미순이가 펼쳤다. 이 봐라, 이 봐라, 라며 우리는 킥킥 웃었다.

미순이가 서랍에서 고무풍선 같은 걸 끄집어냈다.

니 이게 뭔 줄 아나.

처음 보는 것 같기도 하고 엄마 서랍 속에서 본 것 같기도 했다.

콘돔이다. 우리 엄마는 '삿쿠'라고 하던데. 창녀 언니들은 손님이 이걸 안 쓰모 사타구니를 차분다 하더라. 이걸 해야 임신이 안 된대.

그으래?

가정 시간이었다. 아기를 어디서 낳는지 아는 사람? 가정 선생이 물었다. 맨 앞에 앉은 내가 손을 번쩍 들고 일어서서 자신 있게 말했다. 배꼽에서예. 가정 선생은 어이가 없는 표정을 지었고 몇몇 아이들은 웃었다. 미순이를 일찍 사귀었더라면 그런 우매한 대답은 하지 않았을 거였다.

미순이는 실컷 조몰락거리다 시커멓게 손때가 묻은 껌을 입에 넣으려던 참이었다. 더럽다 버려. 나는 미간을 찌푸리며 인상을 썼다. 뭐가? 씻어서 씹으면 되지. 단물도 다 안 빠졌어. 미순이는 마지못해 껌을 씻으러 나갔다. 나는 껌을 혀로 내밀어 풍선을 불려다 멈추었다. 내 부모는 천박하다고 껌도 못 씹게 했고, 유행가도 못 부르게 했다. 미순이 집은 딴 세상이었다. 내가 접해 보지 못한 이상야릇한 세상, 묘한 호기심, 가지 말라 하니까 더 가고 싶은 곳. 미순이 집에서는 나도 창녀들처럼 해 보고 싶었다. 짙게 화장하고 요란하게 껌을 씹고 쌍욕도 하면서, 야시시한 브래지어와 엉덩이가 비치는 검은 망사팬티도 입고, 그런 속옷을 아무 곳에나 걸어 두고 말이다.

나체 사진을 자꾸 보자 토할 듯 속이 느끼했다. 배꼽 아래가 배배 꼬여 오줌이 나오려고 했다. 도저히 참을 수 없어 밖으로 나왔다. 미순이 집에는 변소가 없었다. 집 밖으로 나가서 공중변소를 사용해야 했다. 작은 거 할래 큰 거 할래. 미순이가 말했다. 작은 거. 그럼 일루 와. 미순이가 수채로 데리고 갔다. 여기다 싸. 수챗구멍을 가리켰다. 나는 머뭇거렸다. 오줌이 찔끔 나오려고 했다. 급했다. 할 수 없이 팬티를 내리고 오줌을 누었다. 미순이도 궁둥이를 까고 오줌을 누었다. 미순이 궁둥이에 햇살이 내려앉았다. 오줌을 눈 후 미순이가 양동이 물을 바가지로 퍼 수채에 뿌렸다. 수챗구멍에는 고마리 풀이 나 있었다. 고만 해라고, 고맙다고, 고마리, 라고 한다고 엄마가 가르쳐 주었다. 나는 식물도감을 찾았다. 고마리의 꽃말은 '꿀의 전령'이며 오염된 땅이나 습기 찬 땅에서 수질을 정화하는 식물이라고 적혀 있었다.

그만해, 그만하라고. 몇 번이나 하노. 나 죽어! 창녀의 외침. 가만 있어 봐, 굵은 남자 목소리. 거친 숨소리, 고양이 울음소리 같은 것이

어느 방에서 새어 나왔다. 우리는 다시 방으로 들어갔다.

참, 너 아까 처녀 어쩌구 하려던 말 해 봐라. 내가 재촉했다.

음, 무슨 말이냐 하면 처녀가 애 다섯이 딸린 홀애비한테 시집왔다는 거지.

누가?

누구긴 우리 엄마지. 첫째 부인이 막내아들 낳고 죽었대. 그 막내가 우리 진짜 아버지 한창호이고, 아버지는 엄마 성낙임이가 친엄마인 줄 알았는데, 결혼한 뒤에 우연히 호적을 보고 친엄마가 아닌 줄 알았대. 엄마는 자기 자식은 낳지도 않고 전처의 자식 다섯을 키운 거지. 막둥이 우리 아부지를 더 살뜰히 챙기고 보살폈다 하더라.

여자는 약하지만 엄마는 위대하더니, 할머니 정말 대단하시다. 내가 말했다.

미순이 말을 옮기면 이렇다.

미순이 할머니, 성낙임은 빨래터에서 빨래를 하다가 영문도 모른채 일본 순사에게 끌려갔다. 태평양 전쟁이 끝난 후 고향인 창녕군 고암면 억만리로 돌아왔으나, 가족과 일가친척에게 버림받았다고 했다. 양반 집안 망신시킨 년이라고, 화냥년이 살아서 돌아왔다고 오촌 당숙이 말했단다. 할머니는 냉대와 모멸감을 견딜 수 없어 집을 나왔다. 다시 일본에 가기 위해 배를 타러 마산으로 왔다.[1] 할머니는 배가 고파서 선창가 어느 국밥집으로 들어갔다. 국밥을 먹는데, 얼굴에 땟물

---

[1] 마산은 일제 강점기 때 일본군 위안부 강제 동원을 위한 중간 집결지였다. 경남 각 지역에서 끌려온 수많은 여성이 마산을 거쳐 중국과 동남아 등 일본군의 전쟁터로 배치되었다.

이 흐르는 아이가 바닥에 앉아 울고 있었다. 일손이 바빠 그런지 아무도 아이를 거들떠보지 않았다. 그녀는 아이를 달래고 우물로 데려가 씻기고 국밥을 먹였다. 그녀를 지켜본 국밥집 부인이 갈 곳이 없으면 주막 일도 도와주고 아이들도 돌보면서 같이 지내자고 했단다. 그 집에서 며칠만 머물려던 할머니는 평생을 살았다고 했다. 부인은 병약했다. 부인이 죽으면서 미순이 할머니 손을 잡고 아이들을 잘 부탁한다며 숨을 거두었다고 했다.

할머니가 홀치기 틀을 가지고 와 마루에 앉았다. 홀치기로 기모노의 오비를 만들었다. 할머니 손놀림이 빨라졌다. 이를 닦던 창녀가 마루에 걸터앉았다. 할머니를 돕기 위해 실을 풀고 꾸리에 실을 감았다.

엄마, 쉬어 가면서 해. 미순이가 말했다.

아직 눈 밝으니 괜찮으이. 이걸 해야 우리 강생이 연필도 사고 책도 사고 신탄진도 사지. 가만있어 봐라, 오늘이 음력 메칠이고? 그날이 낼모레인 갑다. 성당에 미사 넣어야 하긴데.

할머니는 일을 멈추고 손가락을 꼽았다.

엄마, 또 그날이에요? 일 년에 한 번 달거리하는 것도 아니고……인제 그만 잊으세요.

이를 닦던 창녀가 말했다.

할머니 손이 다시 빠르게 움직였다. 홀치기 바늘이 부러졌다. 내가 정신을 오데다 두고 있노. 저녁에 총판이 가지러 올 낀데, 쪼맨만 하모 다 했는데…… 할머니는 무척 아쉬워했다. 할머니는 신탄진에 불을 붙였다.

내가 전생에 무슨 죄가 많아서 왜정 때나 지금이나 왜놈 밑닦개 일을 하면서 사는지 모르것다. 갸가 살았으모 내가 일본에서 살았으까. ……장교는 살았는가 죽었는가 모르것다. 살았으모 그 양반도 많이 늙었것제. 하기사 내가 일본서 살았으모 조선서 사는 것보다 더 징글징글했것제. 조센징이라고 엄청 괄시 받았을끼라. 할머니는 허공에 담배 연기를 내뿜었다. 내가 사는 기 따순갑다. 별생각을 다 하는 거 보니…… 할머니 눈에 눈물이 고였다.

춘자 창녀의 방에서 「애수의 소야곡」 '운다고 옛사랑이 오리요만은' 하고 흘러나왔다.

할머니는 홀치기틀과 실을 챙겼다.

아부지 오면 고쳐 달라고 해.

미순이 말이 끝남과 동시에 미순이 엄마가 대문으로 들어섰다.

어무이, 또 고장 났습미꺼? 이리 줘 보이소, 미순이 엄마가 마루에 걸터앉았다. 미순이 엄마는 홀치기틀을 앞에 놓고 바늘을 다시 갈아 끼우느라 낑낑댔다. 나는 홀치기틀을 고치다 또 싸우지 않을까 염려했다. 예전에도 미순이 엄마가 홀치기틀을 고친 적이 있었는데, 옆에서 지켜보던 할머니는 미덥지 못한지 고개를 가로저으며, 그러다 도로 부수것다, 말했다. 하필 나무틀이 두 동강 났다. 니는 고친다면서 도로 부수어 났나. 못 고치모 몬 고친다 하지. 내 염장 지를라꼬 일부러 그랬제. 할머니가 역정을 냈다. 어무이, 그런 억측이 어디 있습미꺼. 홀치기틀을 앞에 놓고 두 여자가 옥신각신하던 게 떠올랐다. 할머니는 무릎에 있던 오비를 마룻바닥에 놓고 신탄진에 또 불을 붙였다.

엄마가 그 장교를 사랑한 거 아니야?

이를 닦던 창녀가 말했다.

그 난리 통에 무슨 사랑이고? 죽지 못해 살았는데…… 그 양반 처음 본 날도 혀 깨물고 딱 죽고 싶었느라. 일요일날 열 놈을 받았는가 스무 놈을 받았는가…… 아랫도리가 짓물러서 피는 철철 나고 손가락 하나 까딱할 힘도 없더라. 땔 직이도 몬 하것다고 싹싹 빌어도 주먹으로 때리고 군홧발로 걷어차고…… 까무러쳤다 한밤중에 깨어난께네 또 한 놈이 옆에 누워 있는 기라. 그 짓을 안 하고 한참 있더마는 일본 말로 자장가를 부르라 하대. 마침 엄마가 동생 재울 때 부르던 노래가 생각나는 기라. '자장 자장 데구르르 데구르르 우리 아기 데구르르 착한 아기 잘 자거라.' 그 대목 빼끼 생각이 안 나서 부르고 또 불렀더만 어느새 장교가 코를 골더라. 인자 됐다 하고 노래를 멈췄제. 근데 훌쩍이는 소리가 들리는 기라. 엄마, 엄마 낮게 중얼거리더마는 흐느껴 울더라. 나도 눈물이 핑 남시로 우리 엄마가 억수로 보고 싶었데이. 둘 다 울다 잠이 들었제. 아침에 일어난께네 군표를 세 장 놓고 갔더라. 사흘 뒤엔가 그 장교가 또 왔어. 또 자장가를 불렀제. 그다음부터 그는 일찌감치 왔어. 다른 병사들 덜 받게 할라꼬 그랬것제. 창밖 하늘의 달을 쳐다봄시로 우리는 자장가를 부르고 엄마를 생각하고 그랬느라.

그럼, 애는 그 장교 씨야?

이를 닦던 창녀가 말했다.

어야, 하루에 수십 명을 상대하는 날도 있는데 누구 씨인지 우째 알겠노. 삿쿠가 샜는가 찢어진 불량품인가 재수 없으모 걸리는 거지. 안 그렇나?

미순이 엄마가 이를 닦던 창녀를 쳐다보며 말했다.

그 양반 아니었으모 야수 같은 군인들이 칼로 배를 갈라 아를 끄집어냈거나 아랫도리를 도려냈거나 죽였거나 무슨 수를 냈것제.

어무이, 배에서 아를 낳았다면서예? 죽은 아를 낳았다꼬. 예전에 미순이 아부지한테 대충 들었어예.

미순이 엄마가 말했다.

그으래, 아기는?

미순이가 눈을 동그랗게 뜨고 할머니를 쳐다보며 물었다.

씹새끼 같은 군인들이 바다에 버렸뿟단다. 아가 배 속에서 얼마나 힘들었으모 죽어서 나왔것노.

미순이 엄마가 대답했다.

엄마, 자세히 말해 봐.

이를 닦던 창녀가 할머니 앞에 바짝 다가앉으며 보챘다.

할머니는 신탄진 연기를 허공에 날리며 다시 입을 열었다.

이 속에 든 말을 다 토하고 나모 잊어질란가. ……그때가 전쟁 막바지였니라. 아기는 죽고 군인들과 배를 타고 남방으로 갔제. 필리핀으로 가는데 미군 폭격이 심했지. 폭격을 피해 섬의 정글 속 동굴에 숨었니라. 젖은 퉁퉁 불어서 사발만 한데 젖을 먹일 새끼는 없지…… 결국 젖몸살이 났제. 동굴에 다리를 다친 부상병이 있었데이. 전쟁에 끌려온 지 얼마 안 되었는가 몇 살 안 먹어 보이더만. 내가 봐도 상처에 고름이 나고 벌레가 끓고 난리더라. 누군가 초유를 상처에 바르면 낫는다고 말했데이. 먹을 게 없어서 제대로 먹지를 못하는데도 젖이 많은 체질인가 불은 젖이 흘러나와 옷이 축축했니라. 내가 부상병한테 다가갔지. 젖을 짜서 다리에 발라 주었다네. 얼마나 배가 고팠는가 상처에 바르고 남은 젖을 그 부상병이 먹더라. 그래서인지 상처가 차츰 나아지고 얼굴도 좋아지더만. 그걸 보고 젖을 짜서 굶주린 군인들한테 골고루 먹였니라.

군인들한테 젖을 먹였다는 이야기는 오늘 처음 들었고마는. 그 땜에 젖몸살이 절로 낳은 거네예.

미순이 엄마가 말했다.

그랬제. 그 후로 먹을 것이 있으면 나를 먼저 챙겨 주더라. ……요즘 세상에야 왜놈한테 젖을 줬다고 나한테 돌을 던질지 몰라도 그때는 왜놈이든 미국 놈이든 상관 안 했니라. 다 굶주린 내 새끼 같았데이.

저도 새끼 땜에 이라고 살지. 지 혼자라모 벌써 팔자를 고쳤지예.

미순이 엄마가 미순이 머리를 만지며 말했다.

아니야. 난 할머니 새끼야.

미순이가 할머니 품속으로 파고들었다.

하모, 여자는 죽는 날까지 엄마여야 하니라. 모성을 버리모 짐승만도 못 하제. 여자는 죽어서도 지 새끼를 돌봐야 하니라. 이날 이때껏 그 생각만은 변함이 없니라. 암 그렇고말고.

할머니는 낮은 소리로 꼭꼭 힘주어 말했다. 그 말은 수업 시간에 선생이 중요하다고 빨간 분필로 별을 그리며 설명하는 내용보다 강하게 들렸다.

그다음 어떻게 됐어요?

이를 닦던 창녀가 침을 꼴깍 삼키며 물었다.

어떻게 되긴, 이년아, 어른이 말하모 토끼 새끼처럼 톡 튀어나와서 말을 가로채기는. 다시 배를 탔는데 파도에 배가 전복되었지. 사람들은 대부분 고기밥이 되었고 어무이는 나무판자를 잡고 바다에 떠 있었제. 지나가는 고깃배에 구출되어 가꼬 살았다. 그래서 지금 이 자리에 우리랑 있다. 알았나?

미순이 엄마가 말했다. 그리고는 주먹을 쥐고 이를 닦던 창녀의 머리를 콕 쥐어박는 시늉을 했다. 이를 닦던 창녀가 얼른 일어나 피하며 혀를 날름 내밀었다.

할머니는 신탄진 한 갑을 다 태웠다. 신탄진도 할머니를 구원하지 못하는 모양이었다. 이야기를 다 듣고 나니 나는 가슴 한복판이 쓰렸다.

간간이 노랫소리가 들렸다. 노래는 「동백 아가씨」의 내 가슴 도려내는 아픔에 겨워, 로 이어졌다. 창녀의 목이 쉰 듯했다. 나는 성경의 '막달라 마리아'가 떠올랐다.

할머니, 제가 미사에 참석하께예. 그러니까 할머니는 죽어서 태어난 아이를 위한 미사를 드리려는 거였다. 내 눈에서 눈물이 떨어졌다. 이리 마음이 여려서 우야겠노, 하면서 할머니는 내가 준 손수건으로 눈물을 닦아 주었다.

홀치기 바늘이 똑바로 끼워지지 않았다. 어무이, 아무래도 기술자가 와야 되겠습미더, 미순이 엄마가 홀치기를 한쪽으로 밀쳐놓았다.

할머니의 얘기가 끝나자 미순이는 술지개미에 사카린을 타서 방으로 들고 왔다. 맛이 달달해 자꾸 먹었다. 술에 취해 나도 모르게 잠이 들었다. 잠결에 시끄러운 소리에 깼다. 내 방인 줄 알았는데 방 안을 둘러보니 미순이 집이었다. 미순이는 옆에서 입을 벌린 채 자고 있었다. 창밖, 하늘에는 잘 익은 감빛 노을이 지고 있었다. 아침인지 저녁인지 헷갈렸다. 엄마가 보고 싶었다. 집에 가려고 일어났다.

오늘 같은 날 카네이션도 하나 안 달고 다니모 남들이 자식도 없는 줄 알 것이네. 이리 와 보시게, 할머니가 마루에서 미순이 엄마 가슴에 카네이션을 달아 주었다. 그리고는 이거 하나는 자네 쓰소. 할머니가 미순이 엄마에게 손수건을 건넸다. 아입미더, 어무이 쓰이소. 미순이 엄마는 손수건을 도로 할머니에게 주었다. 늙은 내가 말라꼬? 제가 쓸 데가 어디 있습미꺼! 무뚝뚝한 말투에 싸우는 줄 알았다. 그러다 손수건이 찢어질 것 같았다. 할머니가 손수건을 미순이 엄마 가슴속에 쑥 집어넣고 간지럼을 태웠다. 미순이 엄마는 남자처럼 호탕하게 웃었다.

내가 작별 인사를 하려 하자 할머니는 저녁 먹고 가시게, 말했다. 또 놀러 온나, 미순이 엄마도 말했다. 고맙습니다, 미순이 집을 빠져나오자 엄포를 놓던 엄마 목소리가 귀에 쟁쟁했다. 한 번만 더 그 동네 가모 다리몽댕이가 분질러질 줄 알아라. 미순이 집에 간 걸 엄마에게 들키면 어쩌나 걱정이 되었다. 그래도 할머니가 생각나면 나는 또 미순이 집에 갈지 모른다. 나는 인자한 할머니를 한 사람 입양하면 좋겠다고 생각했다.

도쿠 형님

해옥이 엄마가 길바닥에 주저앉아 있었다. 그 옆에는 리어카가 엉덩이를 치켜들고 학교 담벼락에 처박혀 있었다. 나는 골목에서 나오다가 그 모습을 보았다. 그녀에게로 달려갔다. 아지매, 괜찮습미꺼?

다리가 말을 안 듣는다 우야꼬.

도와줄 사람이 있을까 나는 아래위 길을 두리번거렸다. 지나가는 이가 한 사람도 없었다. 해옥이 엄마와 항상 붙어 다니는 도쿠도 보이지 않았다.

아지매, 도쿠는예?

아픈 거 같아서 집에 놔뒀다. 그기 요새 통 밥을 안 묵는데이.

잠깐만예, 집에 가서 엄마 데꼬 오께예.

나는 집으로 뛰어갔다. 엄마와 함께 다시 왔다.

이기 우짠 일이고! 머 할라꼬 추분데 나간다꼬.

상황을 파악한 엄마는 아연한 표정을 지으며 말했다. 뒤집어진 달걀판과 깨진 달걀이 리어카 안에 엉켜 있었다. 성한 달걀은 몇 개 되지 않았다. 리어카 밑구멍 틈으로 깨진 달걀 물이 줄줄 새고 있었다. 깨진 달걀 껍데기와 달걀 물이 길바닥에 흥건했다. 달걀 물이며 흙과 지푸라기가 범벅이 되어 그녀의 입 주위에 묻어 있었다. 혹을 두른 까만 목도리에도, 이마 앞으로 흘러내린 머리카락에도 달걀 물이 범벅이 되어 묻어 있었다.

꼴이 이기 머꼬?

달걀 마사지했다 아이가. 니도 할래?

해옥이 엄마가 헤벌쭉 웃으며 대답했다.

그녀의 말대로 달걀 마사지를 했는지 얼굴이 노랗게 윤이 나고 탱탱했다. 노른자가 이마 주름과 팔자 주름 사이에 굳어 있었다. 그녀가 말을 할 때마다 얼굴 주름이 해괴한 모양으로 일그러졌다. 그 모습을 보니 웃음이 나오려고 했지만 그녀가 웃는다고 속없이 덩달아 웃을 수 없었다. 평소에 그녀는 먹지도 못하는 달걀이었다. 지나가는 이도 보는 이도 아무도 없을 때, 길바닥에 흘러내린 달걀이 아까워서 핥아먹다 얼굴에 묻었을 게 뻔했다. 간혹 팔고 남은 달걀은 하숙생들 차지였다. 그다음 해옥이와 기원이 오빠가 먹고 나면 그녀 몫은 당연히 남아 있지 않았다. 나는 이 상황이 친구에게 장난으로 똥침을 맞았을 때 아파서 울 수도 없고 그렇다고 웃을 수도 없어, 손으로 엉덩이를 잡고 폴짝폴짝 뛸 수밖에 없던 때와 비슷하다고 생각했다. 나는 혀를 깨물고 터져 나오려는 웃음을 참았다.

이 판국에 농담이 나오나!

엄마는 어처구니가 없는지 해옥이 엄마의 얼굴을 빤히 쳐다보며 말했다. 흙 묻은 달걀을 핥아 먹었느냐, 차마 묻지는 못하겠는지 모른 척했다. 아이구 아까바라, 이걸 우야겠노. 엄마가 혀를 찼다. 목을 감싼 낡은 목도리 사이로 혹이 삐죽 보였다. 나는 그녀의 혹이 신경 쓰였다. 목에 사과만 한 큰 혹을 달고 어떻게 땅바닥으로 고개를 숙였을까. 과연 고개가 숙여질까 궁금했다. 언젠가 봤던 그 혹이 김일성의 혹과 닮아 보였다. 해옥이 엄마 혹은 목 앞에 있고, 김일성의 혹은 목 뒤에 있었다. 쌍둥이 혹 같았다. 해옥이 엄마와 김일성은 쌍둥이가 아닐까. 김일성은 주석이라서 혹을 인민 앞에 당당히 드러내고 다니지만, 해옥이 엄마는 행여 혹을 누가 볼까 봐 한여름에도 목도리로 목을 두르고 감쌌다. 혹에도 계급과 신분이 있을까. 혹을 떼어 내면 죽을까 살까. 혹이 자꾸 커지다가 한순간 풍선처럼 팡 터지지 않을까, 망상이 끝없이 이어졌다.

해옥이 엄마 얼굴에 소름이 돋았다. 턱을 떨더니 이내 요란하게 재채기했다. '똥바람'이 매섭게 불었다. 겨울에도 따뜻한 마산은 눈이 거의 내리지 않았고, 대신 살을 에는 바람이 불었다. 윗지방의 눈에 쓸려 온 찬 공기가 합포만의 해풍과 만나 시내에서 고지대로 매섭게 휘몰아쳤다. 동네 어느 장소에서도 바다가 보이고, 동네 뒤로는 무학산이 우뚝 솟아 있었다. 흙먼지가 일었다. 과자 봉지와 찢어진 비닐이 날아다녔다. 쌀 씻는 양은 대야와 세숫대야가 바람에 날아가다 모서리에 부딪혀 쾅당 탕 쇳소리를 냈다. 쌍과붓집 함석지붕 아래 대어 놓은 낡은 플라스틱 가림막이 바람에 덜컹거렸다. 전신주가 깊은 울음소리를 내며 폐부를 훑고 지나갔다. 학교 복도 창문이 울었다. S여자중학교의 뒷담에 가려진 도로는 응달이라서 겨우내 햇볕이 들지 않았고, 내리막 빙판길이었다. 해옥이 엄마는 그 미끄러운 길을 혼자 리어카를 끌고 가다 가동그라진 모양이었다. 평소에는 도쿠가 앞에서 리어카를 끌고 그녀가 뒤에서 리어카를 잡거나 밀었다. 도쿠는? 엄마가 물었다.

지도 산목숨이라 우예 안 아푸겠노. 그것도 인자 늙었다 아이가.

부리 먹기도 억수로 부려 먹었데이. 그래도 도쿠 그기 사내 열 몫은 하제…….

엄마는 해옥이 엄마의 눈치를 살피더니 얼른 손으로 입을 막았다.

내 안 일으키고 머 하노. 퍼뜩 집에 델다 도라, 추버 죽것다. 순영아 니도 좀 거들어라.

엄마와 나는 해옥이 엄마 겨드랑이에 팔을 집어넣어서 일으켰다. 그녀는 용을 쓰며 겨우 일어났다. 엄마와 내 어깨에 양팔을 하나씩 걸쳤다. 나는 무거워서 힘에 부쳤다. 혹 때문에 체중이 더 나가는 것 같았다. 엄마와 나는 마치 주인을 모시는 하녀처럼 미끄러운 길을 조심조심 걸었다. 해옥이네 집에 겨우 당도했다. 반공 방첩 붉은 글씨로 써진 포스터가 대문에 붙어 있었다. 해옥이 엄마가 그걸 확 뜯어서 찢어 버렸다. 개 조심 글씨가 드러났다. 얼마 전에는 담벼락에 '빨갱이 새끼' 빨간 페인트로 또렷이 쓰인 걸 보았다. 대문이 잠겨 있었다. 해옥이 엄마가 토담 틈에 숨겨 둔 열쇠를 꺼내어 대문을 열었다. 온 힘을 다해 그녀를 다시 부축했다. 대문 아래 계단을 내려가다가 나는 힘에 부쳐 그녀의 팔을 놓쳐 버렸다. 그녀가 바닥에 주저앉았다. 엄마는 가쁜 숨을 골랐다. 나는 다리가 후들거렸고 이마에 땀이 맺혔다. 힘 좀 써 봐라. 밥 안 묵었나! 해옥이 엄마는 되레 큰 소리로 우리를 나무랐다. 그녀를 다치게 한 것이 우리 모녀인 것 같았다. 누렁이 도쿠가 사납게 짖었다. 도쿠는 태어난 지 칠 일쯤 되는 송아지만 했다. 도쿠야 도쿠야, 해옥이 엄마가 부드럽게 말하자 녀석은 꼬리를 흔들며 잠 잠해졌다. 엄마와 나는 또다시 그녀를 일으켜서 겨우 방에 눕혔다. 엄마가 리어카를 끌고 와 마당에 부렸다.

방 안은 한낮인데도 어둡고 음습했다. 천장에서 쥐가 뛰어다녔다. 방 안에서 퀴퀴한 악취가 났다. 동물의 털을 태우는 노린내 같기도 하고 개 오줌 냄새, 쥐똥 냄새, 양파 썩은 냄새 등등. 여러 가지가 뒤섞인 냄새였다. 이 냄새가 암내인가. 냄새 때문에 숨이 막힐 지경이었다. 코를 움켜잡았다가 놓았다. 방 안을 둘러보았다. 국방색 군용 담요가 아랫목에 깔려 있었고, 앉은뱅이책상이 윗목에 놓여 있었다. 형광등 하나로 옆방과 나누어 사용하는, 형광등 반쪽이 벽 구멍 사이에 걸쳐 있었다. 그 형광등에 파리똥이 새카맸다.

해옥이는 어디 갔습미꺼? 안 보이네예.

창녕 갔다 아이가.

저거 아부지한테 갔는 갑다, 나는 속으로 말하며 고개를 끄덕였다. 해옥이 엄마는 해옥이 아버지가 양육비를 제대로 지급하지 않으면, 기원이 오빠와 해옥이에게 받아 오라고 보냈다.

아지매 시계 샀습미꺼?

나는 벽에 붙은 불알시계를 보았다. 시계추가 왔다 갔다 했다.

하모, 산 지 몇 달 됐니라.

해옥이 엄마 목소리가 약간 달떠서 자랑으로 들렸다.

국민학교 이 학년 오후반 때였다. 해옥이네 마당에서 사방치기 놀이를 하고 있었다. 삼월 개학하고 며칠 지나서인가. 해옥이 엄마가 나들이하면서, 해옥아 그림자가 화단 앞 돌에 오면 학교 가거라, 말했다. 초여름에는, 그림자가 장독대에 오면 학교 가거라 일렀다. 지붕 그림자가 마당 중간쯤에 내려앉으면 오후 4시쯤이라고 말했다. 계절 따라서, 해의 위치에 따라서, 그림자 시계 길이가 짧아졌다 길어졌다 바뀌었다. 나는 그림자로 시간을 읽는 그녀가 참 신기했다. 해옥이 엄마는 비 오는 날이면 담 너머로 순영이 엄마 시계 몇 십미꺼, 라고 물었다.

엄마는 손이 빨갛게 얼어서 방에 들어왔다. 손이 시린지 방바닥에 손을 대었다. 방이 냉골 아이가. 니 가서 아궁이 좀 열어 놓고 온나, 엄마가 일렀다. 내 정신 봐라. 아침에 연탄 갈고 아궁이 열어 놓는 걸 깜빡했네. 해옥이 엄마가 뒤이어 말했다. 웃바람이 세게 느껴졌다. 윗목에 놓인 걸레가 단단히 얼어 있었다. 깜빡한 것이 아니라 연탄을 아끼느라 아궁이조차 열어 놓지 못하고 사는 형편을 드러내고 싶지 않은 변명일 터였다. 그 말이 거짓이라고 내가 알고 있다는 사실을 해옥이 엄마는 모르는 걸까. 알면서 모른 척한다는 것을 해옥이 엄마가 눈치채지 못하게 나는 여일한 표정으로 일어나 방을 나왔다.

문 들어온다 바람 닫아라.

무슨 말인가 하고 열린 문틈으로 해옥이 엄마를 멀거니 쳐다보았다. 그녀는 누워서 히죽 웃었다. 그제야 나는 감을 잡고 아~예, 방문을 닫았다.

남향인 아래채 기원이 오빠 방 앞에서 멈추었다. 댓돌에는 흰 남자 고무신 한 켤레가 놓였고 방문은 자물통으로 잠겨 있었다. 어릴 적에 내가 울면 오빠는 간지럼을 태우며 웃겼다. 울다가 웃으면 똥구멍에

털 난다, 그 말이 웃겨서 또 웃다가 울었다. 순영아 울지 마라 오빠가 업어 줄께, 나를 달랬다. 기원이 오빠의 따뜻한 등이 생각나자 마음에 뽀송뽀송한 솜이불을 덮은 느낌이었다. 중학생이 된 후 그를 만나면 부끄러워 얼굴이 빨개지고 말을 더듬었다. 해옥이 엄마는 행여 기원이 오빠와 나 사이에 어떤 썸싱이라도 있을까 봐 둘이 같이 있는 꼴을 못 봤다. 때때로 기원이 오빠와 시내 지하도에서 만났다. 오빠는 꽃을 신문지에 말아서 갖고 와 아나, 하며 내밀었다. 꽃을 받아든 나는 어이가 없어서 픽 웃었다. 꽃은 우리 집 화단에 지천으로 피어 있었다. 꽃집 여자에게 꽃을 선물하는 거와 다름없어도 그는 매번 그랬다. 그런 후 그는 뒤돌아 터미널 쪽으로 걸어갔다. 오빠야 어데 가노? 뒷모습을 향해 소리쳤다. 광주 간다. 한마디 던진 후 그는 가볍게 손을 흔들며 총총히 사라졌다. 나는 광주를 한 번도 가 본 적 없었다. 나에게 광주는 달력 그림 속의 이국땅 같은 곳이었다. 지하도에서 오빠와 만나면 간첩끼리 접선하는 느낌이었다. 지하에서 만나 지하로 사라지는 그는 햇빛을 등지고 지하에 사는 사람 같았다.

나는 숙제는 안 해도 열심히 신문을 읽고 뉴스를 봤다. 신문 사설이 이해되지 않아도 무조건 읽었다. 기원이 오빠 환심을 사기 위해. 어려운 한자는 대충 문맥을 맞추어서 읽었다. 기원이 오빠를 만나면 신문의 정치, 사회면에 대해 말했다. 그는 손가락으로 내 머리카락을 헤집어 흔들면서 밤톨만 한 게 발랑 까져서, 라고 말했다. 발랑 까졌다, 소리가 참 듣기 좋았다. 조숙하다는 의미로 받아들였다. 흘러내린 앞 머리카락을 쓸어 올리는 손가락의 감촉과 느낌은 뭐랄까 남자의 매력이라고 할까. 표현하기 묘한 그 무엇이 나를 감질나게 했다.

기원이 오빠는 민청학련사건에 연루되어 감옥에 있다. 민청학련 사건과 인혁당 사건이 연이어 터졌다. 긴급조치 4호가 발표되었다. 신문에 실린 8명의 사진에는 '死刑'이라고 쓰여 있었다. 이름과 성별과 나이, 형량도 적혀 있었다. 그러나 남자만 있었고 여자는 없었다. 이상했다. 이념과 사상, 데모에도 왜 성별을 구분하는지, 왜 남자가 대부분이고 여자는 없거나 드문지 그것이 너무 궁금했다.

재판 중 변호사는 "'사법살인'이다. 차라리 피고인들과 뜻을 같이하여 그들과 함께 재판을 받을 것입니다."라고 말했다. 결국 그는 법정에서 변호하다가 긴급조치위반죄로 법정구속 되었다. 또 한 사람 K 학생은 사형을 구형받자 "영광입니다."라고 말했다. 티브이 뉴스에서 그 말을 듣는 순간 나는 일제 강점기 때 독립을 위해 싸우다 죽은 애국 열사와 의사들이 살아서 돌아온 듯한 착각이 들었다. 그분들의 숭고한 정신과 혼령이 법정에 선 저 사람들에게 스며든 건 아닐까 싶었다. 나는 온몸이 얼어붙는 듯했다. 그 말이 오랫동안 가슴에 박혔고 귀에 쟁쟁했다. 판사는 같은 톤으로, 아무런 감정이 섞이지 않는 어투로, 여덟 사람의 이름을 부르며 여덟 번 사형, 사형, 사형…… 말했다. 파리채로 여덟 마리 파리를 한 마리씩 탁 때려죽이며 '사형.'이라고 말하는 것 같았다. 사형이라니, 사돈지간에 손윗사람을 높여 부르는 호칭은 아닐 것이다. 사형이라는 판사의 말에 눈물이 났다. 눈물이 자꾸 흘러서 주체할 수 없었다. 같은 뉴스를 몇 번이나 반복해서 방영했다. 그 사건에 연루된 사람들과 나는 개인적인 친분도 없고 모르는 사람이었다. 그럼에도 어떤 보이지 않은 끈으로 연결되었을까. 그저 서럽고 서러웠다. 울음이 폭발해 경기를 일으켰고 까무러쳤다. 야가 와 이라노 야가 와 이라노, 사람 잡것다, 하며 엄마는 그 뉴스를 다시는 못 보게 했다. 하지만 그 장면이 뇌리에 박혀 지워지지 않았다.

기원이는 잔챙이라 감옥에 오래 있지는 않을 끼다.

아버지가 뉴스를 보며 말했다.

그래요? 나는 해옥이 엄마가 하도 눈에 힘을 주고 기봉이 이야기를 하길래, 기봉이가 김구 선생처럼 큰 인물이 될란 갑다 싶어서 해옥이 엄마한테 잘 보일라꼬 했제.

친구하고 길 가다 데모대에 휩쓸렸지.

아버지가 말했다.

그랬구만. 그거 가꼬 그리 재나!

엄마의 표정엔 기원이 오빠가 큰 인물이 아니라서 다행이며, 해옥이 엄마에게 기가 죽을 필요가 없다는 안도감이 서려 있었다.

긴급조치가 발표된 후 어른들은 더욱 말조심하고 서로를 경계했다. 간첩이 아닌가 서로 감시하고 의심했다. 나는 사회 시간에 배운 북한의 오가작통법이 떠올랐다. 남한도 오가작통법을 시행하고 있는 게 아닐까 생각했다. 선생들도 말을 아꼈다. 수업 시간에 말 한마디 잘못했다가는 꼬투리가 잡혀서 쥐도 새도 모르게 붙들려 갈까 몸을 사리는 눈치였다. 교과 내용 이외 현 사회문제에 대해 전혀 언급하지 않았다. 누군가 속 시원히 이건 이렇고 저건 저렇다 진실을 말해 주고 학생들은 어떻게 대처해야 한다고 가르쳐 줬으면 했다. 보이지 않은 검은 구름이 몰려와 세상을 뒤덮는 느낌이었다. 해와 달이 뜨지 않는, 빛이 없는 세상이었다. 나는 자주 국민교육헌장을 거꾸로 외웠다. ……고하립확 를세자 의립독주자 로으안 려살되 에늘오…… 나는 기원이 오빠의 생각에서 빠져나와 뒤뜰로 걸음을 옮겼다.

뒤뜰에는 방이 세 개 있었다. 해옥이네는 일본식 집이었는데 다다미를 걷어 내고 온돌로 개조해 하숙을 쳤다. 하숙생들 방은 문이 잠겨 있지 않았다. 그 방들을 열어 보았다. 기모노를 입고 게다를 신은 일본 사람이 '곤니찌와' 하면서 벽장에서 튀어나올 것 같았다. 겨울방학이라 하숙생이 빠져나간 방은 썰렁했다. 하숙생이 줄어들자 해옥이 엄마는 양계장에서 달걀을 떼어다 이웃 동네를 가가호호 방문하거나 멀리 떨어진 어시장에 가서 팔곤 했다. 그러나 동네에서는 팔지 않았다. 궁색한 모습을 가까운 사람들에게 보여 주기 싫었기 때문인지 몰랐다. 자존심이 밥 맥여 주나. 아직 배가 덜 고팠꼬마는, 엄마는 해옥이 엄마 흉을 보곤 했다. 엉뚱한 생각에 빠져서 걷다가 개밥그릇을 밟고 말았다.

감나무에 목줄이 매여 있던 도쿠가 나를 보더니 짖었다. 개밥그릇에는 된장국과 하얀 쌀밥이 들어 있었다. 해옥이 엄마는 자신은 보리밥을 먹으면서 개에게는 쌀밥을 먹였다. 고급 과자도 주었다. 그녀가 공중에 비스킷을 던지면 도쿠는 뛰어올라 받아먹곤 했다. 그 모습을 지켜보는 나는 과자가 먹고 싶어 침이 꼴깍 넘어가는데도 하나 먹어 보라고 권하지 않았다. 하루는, 엄마가 해옥이네 집에 갔다가 곧 되돌아왔다. 도쿠가 방에서 나오더라. 놀라서 뒤로 나자빠질 뻔했데이. 세상에 설마가 사람 잡는다더니, 개하고 무슨 짓을 하는 거 아이가? 절레절레 고개를 저었다. 나는 부엌으로 가서 연탄아궁이를 열었다. 해옥이 엄마가 오늘은 따뜻한 방에서 지냈으면 했다.

엄마는 우리 집에 가서 노란 치자 우려낸 물을 밀가루에 개어서 반죽해 가져왔다. 어디 다리 내 봐라. 이기라도 붙여 보자. 해옥이 엄마의 부은 다리에 치자 반죽을 붙였다. 엄마는 갑장아 아푸지 마레이, 다정히 말했다. 해옥이 엄마는 동네 사람들과 잘 어울리지 않았다. 가깝게 지내며 왕래하는 사람은 우리 엄마밖에 없었다.

아지매, 병원 가야 되겠십미더.

이 정도 갖고 병원 안 간다. 금방 괜찮아질 끼다.

해옥이 엄마는 돈이 없어 병원을 못 간다는 궁색한 내색은 하지 않았다. 금방 괜찮아질 끼다, 반복해서 말할 뿐이었다. 뼈가 부러졌는지 금이 갔는지 다리가 부어올랐다. 부은 정도가 심해 보였다.

마이신이라도 묵으모 나으낀데.

엄마가 걱정스러운 어투로 말했다.

걱정 붙들어 매라. 마이신이 몸에 뭐가 좋노. 콜라 묵으모 낫는다. 나는 콜라가 직방인 기라.

해옥이 엄마가 대답했다.

아지매, 콜라가 약입미꺼? 음료수지예.

해옥이 엄마가 그걸 모르지는 않겠지만 나는 황당했다. 콜라를 만병통치약으로 먹는 사람이 있다더니 바로 옆에 있을 줄이야.

옥도정기를 배 아픈데 바르든 낫는 기 최고 약 아이가. 어서 가서 콜라 한 병 사다 주마.

엄마가 바지 호주머니에서 돈을 꺼냈다. 오늘은 두 여자가 장단이 잘 맞아 보였다. 엄마 '빽'을 믿고 피아노를 쳐 보려다 그만두었다.

해옥이네 집에는 동네에서 유일하게 피아노가 있었다. 동네에서 제일 부자인 부시장 댁에도 없고, 우리 집에도 없는 피아노가 있었다.

낡고 땟국물 흐르는 마루에서 검은색 피아노만 광택이 났다. 내 얼굴이 피아노 뚜껑에 비쳤다. 피아노가 들어오고 얼마 지나지 않아서였다. 해옥이와 놀다가 피아노 뚜껑을 살짝 만진 적이 있었다. 피아노때 탄다. 니가 만질 게 아니다. 해옥이 엄마는 내 손목을 잡고 치웠다. 피아노를 쳐다만 봐도 닳아지는 듯 근처에 얼씬도 못 하게 했다. 피아노는 해옥이가 합창단원이 된 후에 샀다. 해옥이 엄마는 해옥이 아버지가 사 줬다고, 그래도 해옥이 아버지가 자식은 끔찍이 챙긴다고, 이혼한 남편을 은근히 자랑하는 투로 말했다. 그러고 한 달쯤 지나서였다. 해옥이 엄마와 이모가 크게 싸우는 소리가 들렸다. 해옥이 이모가 이혼하고 받은 위자료를 해옥이 엄마는 급히 쓸 데가 있다며 빌렸다. 그 돈으로 피아노를 샀고, 빨리 돈 갚으라고 싸우는 소리를 엿듣고 알았다.

엄마와 나는 해옥이네 집을 나섰다. 나는 코를 문지르며 말했다.

엄마, 아지매 방에 냄새가 나서 코가 썩어 내리앉은 줄 알았다.

암내 아이가.

그 냄새가 그리 독하나.

하모, 남자하고 몬 산다.

엄마 말마따나 해옥이 아빠는 아내의 암내를 견디지 못해 다른 여자를 봤다고 했다. 해옥이 이모도 암내가 나서 소박맞고 돌아왔다. 해옥이 엄마는 목욕탕에 자주 갈 형편도 아니고, 물이 귀해서 집에서 몸을 씻거나 빨래를 할 처지도 아니었다. 그런데 방 문고리에 숟가락이 꽂혀 있었다. 밤에 외간 남자나 도둑이 못 들어오게 방문을 걸어 잠그기 위한 숟가락인지 몰라도 그들이 왔다가는 암내에 질식해서 기절해 버릴 것 같았다. 그러니까 해옥이 엄마에게는 암내가 적을 퇴치하고 자신을 보호하는 무기인지 몰랐다. 나는 그녀가 스컹크 같다는 생각이 들었다.

어떤 남자가 그런 여자를 데꼬 살겠노. 아까 봐라, 그리 애쓰고 도와줘도 고맙다 소리 하더나. 지가 내 상전 맹쿠로 이래라저래라 하고…….

하기야 미모나 사는 형편은 엄마가 월등히 나은 편이다. 엄마도 여학교를 졸업했으니 학벌도 꿀릴 게 없었다. 그럼에도 두 여자의 관계는 미묘해서 때때로 엄마가 밀렸다. 해옥이 엄마에게선 거역할 수 없는 어떤 카리스마가 느껴졌다. 나는 말머리를 돌렸다.

아지매 혹이 더 커졌더라. 도대체 혹 안에 뭐가 들었으까. 수박처럼 잘라 보면 속이 시원하겠더라.

혹부리 영감처럼 노래가 들었을까 흥부의 박처럼 보물이 들었을까 나는 진짜 궁금했다.

추운데 헛소리 말고 빨리 가자. 나는 니가 내 혹이다.

엄마!

나는 소리를 빽 지르며 눈을 흘겼다.

니도 시집가서 자식 낳아 봐라. 부모한테 자식은 뗄 수 없는 혹이다. 그 혹을 떼어 내모 죽는다 알았나.

그라모 아지매는 우짜다가 혹이 생겼는데?

화병 아이가.

화병으로 혹이 생겨? 에이, 아지매가 화병인 건 말도 안 된다. 농담도 잘하고 잘 웃는데 무슨 화병.

다 연극인 기라.

해옥이 엄마는 드러낼 수 없는 화를, 문드러지는 속을 웃음으로 가리려고 했는지 모른다. 날이 갈수록 화가 쌓여서인지 혹은 자꾸자꾸 커졌다.

엄마, 내가 예전부터 궁금했던 건데 해옥이 엄마 혹시 아부지 첫사랑 아이가?

이기 미쳤나. 엉뚱한 소리 말고 공부나 신경 써라.

아, 생각해 봐라. 일본서 공부할 때 아부지를 만날 수 있었것제. 아부지와 아지매가 말할 때 일본말로 한다 아이가. 둘이 같은 학교 근무했다며. 와 우리 옆집으로 이사 왔겠노?

그리 말하니 그렇기도 하네.

갑자기 엄마 표정이 굳었다.

엄마는 그거 아나? 아부지가 다른 사람한테는 인사를 안 해도 해옥이 엄마한테는 먼저 고개 숙이고 인사하는 거.

문디 가시나, 몬 묵을 거 처묵엇나. 와 복장을 채우노.

엄마가 내 등짝을 쳤다. 내 등짝은 엄마가 스트레스 푸는 북이었다. 엄마는 해옥이 엄마에 대한 불만을 직접 토하지 못하고 그 분을 만만한 나에게 푸는 거였다. 사실을 그대로 말하면 어른들은 화를 내었다. 약에 설탕을 씌운 당의정처럼 약간 거짓을 버무려 말하면 어른들은 좋아했다. 대부분의 어른은 진실이 드러나는 걸 싫어했다. 진실이 감추어지고 숨어 있는 걸 평화라고 여겼다. 나는 그런 어른들을 이해할 수 없었다. 어느새 우리 집 대문 앞이었다. 엄마는 콜라를 사러 새마을 연쇄점으로 향했다. 엄마, 올 때 계란 과자도 부탁해, 나는 소리쳤다.

달걀 한 판 주이소. 엄마가 부엌에서 해옥이네 집을 향해 말했다. 알았슴미더, 담 너머에서 대답이 들려왔다. 두 집은 돌담을 사이에 두고 있었다. 양쪽 집에서 일어난 일들이 낮은 돌담 너머로, 돌 틈 구멍으로 숭숭 새어 나갔다. 술을 마신 아버지의 잔소리, 엄마의 바가지 긁는 소리, 밥 타는 냄새와 된장국 끓이는 냄새 등, 온갖 냄새와 소리가 돌담을 넘나들었다. 우리는 서로의 집에서 무슨 일이 났는지 뻔히 알면서 모른 척, 안 들은 척, 다른 사람들에게 옮기지 않는 것이 불문율이었다. 저녁밥을 지을 즈음 해옥이 엄마가 달걀을 갖고 왔다. 엄마는 대부분의 생필품을 새마을 연쇄점에서 사지만 달걀만은 해옥이 엄마에게 샀다. 해옥이 엄마가 불쌍해서 도와준다는 거였다. 엄마는 속으로 우월감을 느낄지 몰라도, 해옥이 엄마는 오히려 달걀을 사 달라고 부탁한 적이 없고, 엄마가 아쉬워서 가까운 데서 샀으니까 그녀의 덕을 본 것으로 생각할지 몰랐다.

엄마는 방금 부친 부추전을 접시에 담아 내놓았다. 두 여자는 부뚜막에 걸터앉아 소곤거렸다.

기원이 소식은 듣나?

무소식이 희소식이제. 집에서도 안 먹는 콩밥을 공짜로 먹는데 잘 있것제. 잡곡밥이 몸에 좋다 안 카나.

심드렁히 말한 해옥이 엄마는 눈에 힘을 주며 으스대듯 덧붙였다.

나는 내 아들이 이 나라 민주주의를 위해 한 일이라 자랑스럽다.

엄마의 얼굴에 아니꼽다는 표정이 미세하게 드러났다. 이마에 가로 주름이 잡히고 입술을 위로 올렸다 내렸다 샐죽거렸다. 심사가 뒤틀린 엄마 기분을 해옥이 엄마가 알아챌까 조마조마했다. 엄마는 반죽을 국자로 떠서 프라이팬에 넣었다. 뒤집기로 반죽을 납작하게 골랐다.

면회 가모 기원이 필요한 거 넣어 주라.

엄마는 해옥이 엄마 호주머니에 돈을 찔러 넣었다.

면회 안 간다. 기원이가 내 얼굴 보고 마음이 약해질까 안 간다. 자식이 큰일을 하는데 부모가 처신을 잘해야 할 거 아이가. 안 그렇나?

엄마는 어이가 없는지 무슨 말을 하려다, 내가 참는다 하는 표정으로 고개를 끄덕였다. 정구지 찌짐 맛있겠다, 해옥이 엄마는 부추전에 든 홍합을 젓가락으로 집어서 입에 넣었다. 벌린 입 사이로 썩은 어금니가 보였다.

니 요새도 누가 따라다니나?

도쿠하고 다닌 뒤로는 좀 뜸하데이. 경찰 끄나풀인 거 같은데…… 느낌은 있는데, 뒤돌아보면 아무도 없고…….

그래, 조심해라. 니까지 잡혀 가모 안 된다.

해옥이 엄마는 기어이 부뚜막에 돈을 놓아두고 갔다. 그걸 본 엄마는 같잖다는 표정을 지었다. 곧 죽어도 자존심은, 개뿔도 없음시로 ……감방에서 콩밥 먹어도 아들 자랑하는 거 봐라. 내가 들어도 그랬다. 순영이 엄마 당신은 아들도 없지, 약 올리는 소리였다. 아들이 모 뭐하고 딸이면 뭐하노. 부모 말 잘 듣는 자식이 최고데이, 말은 그렇게 하면서도 엄마는 해옥이 엄마의 아들 자랑에 열을 받았다. 해옥이 엄마도 그렇다. 해옥이를 공주처럼 키우면서 마지막에는 아들 패를 꺼내어 한 방을 날리고는, 자식이라곤 딸 하나밖에 없는 우리 엄마기를 죽였다. 나는 두 여자의 이중성에 절레절레 고개를 저었다. 기원이는 지 코가 석 자인데 무슨 데모고. 데모할라꼬 없는 형편에 서울꺼정 대학 갔나. 엄마는 노릇하게 익은 부추전을 뒤집으며 말에 오금을 박았다. 아지매 갔다. 앞에서는 말 못 함시로 뒤에서 와 그라는데, 나는 엄마의 뒷담이 듣기 싫어 쏘아 주었다. 기원이 오빠는 이 지방 대학에서 사 년 내내 장학금을 준다 했으나 거절하고 삼수를 해서 기어이 서울대학교 법대에 들어갔다. 똑똑한 사람이 데모하지 멍청한 인간이 데모를 하까, 내가 대꾸했다. 나도 오빠처럼 공부 잘해서 피아노사 달라고 해야지, 생각했다.

피아노 소리가 들렸다. 해옥이가 저희 아버지와 창녕에서 온 모양이다.

해옥이 저거 맨날 '소녀의 기도'밖에 못 친다. 바보 가시나. 나는 피아노 소리에 약이 올랐다. 목소리를 가다듬었다. 전신거울 앞에서 국민교육헌장을 시 낭송하듯 외웠다. 한창 열중하고 있는데 ⋯⋯경애와 신의에 뿌리박은 상부상조의 전통을⋯⋯ 목에 침이 넘어가며 사레가 들렸다. 기침이 쏟아졌다. 해옥이도 피아노가 있는데 이 김순영이가 피아노가 없다니. 나는 시샘이 나서 해옥이네 집에 없는 전축을 크게 틀었다. 사이먼 앤 가펑클의 「험한 세상 다리가 되어」, 감미로운 목소리가 해옥이네 집으로 넘어갔다.

해옥이네 집에서 불고기 냄새가 넘어왔다. 해옥이 엄마는 칼로 갈치를 토막 내고 소금을 뿌렸다. 아픈 다리를 옆으로 쭉 뻗은 채 앉은

뱅이 의자에 궁둥이를 걸치고 앉았다. 저 봐라, 밉니 곱니 해도 남편이 왔다고 장만하는 거 봐라. 엄마가 돌담 구멍으로 해옥이네 집을 엿보며 작은 소리로 말했다.

해옥이는 빨간 코트를 입고 하늘색 털 부츠를 신고 마당에서 나풋나풋 공놀이를 하고 있었다. 다른 사람 눈에는 해옥이가 엄청 부잣집 딸로 보일 것이다. 더구나 해옥이는 KBS 방송국 어린이 합창단원이다. 어느 토요일 오후였다. 파란 베레모를 쓰고 파란 치마에 하얀 블라우스의 합창단 단복을 입은 해옥이가 친구와 연쇄점을 지나서 집으로 올라오고 있었다. 달걀이 든 보따리를 머리에 인, 남루한 차림의 해옥이 엄마는 쌍과부집을 지나서 내려가는 중이었다. 나는 서너 걸음 뒤에서 학원을 가고 있었다. 저희 엄마를 발견한 해옥이 얼굴이 잠시 환해지더니 곧 표정이 굳어졌다. 얼굴을 친구에게로 돌려 이야기에 빠진 듯하다가 고개를 숙여 땅을 보고 걸었다. 두 사람의 거리가 좁혀지자 갑자기 해옥이 엄마는 빨리 걸어서 골목길로 갔다. 나는 그 광경을 똑똑히 보았다. 모녀는 분명히 서로를 알아보았을 터. 나는 해옥이 엄마 뒤를 쫓았다. 골목에 그녀가 있는지 살펴보았다. 어느새 모퉁이를 돌아갔는지 보이지 않았다. 집에서는 모녀가 다정한 친구처럼 지내는 것 같았는데 뜻밖이었다. 그리고 보니까 모녀가 함께 나들이 하는 걸 보지 못했다.

해옥이 엄마는 정성 들여 장만한 음식상을 들고 다리를 절룩거리며 방으로 들어갔다. 십 분쯤 지나 갑자기 고함이 들렸다. 방문이 열리고 밥상이 마루에 내다 꽂혔다. 상다리가 부러졌다. 사기대접이 굴러서 마당으로 떨어지며 깨졌다. 음식이 쏟아진 마루와 마당은 난장판이었다. 엄마는 부엌에서 콩나물을 무치다가 쏜살같이 달려왔다. 돌담 사이 작은 구멍에 눈을 박고 해옥이네 집을 들여다보았다. 소리가 잘 들리게끔 나는 방문을 살짝 열어 놓았다. 방문 뒤에서 해옥이네 집을 훔쳐보았다. 해옥이 아버지가 방에서 나와 서류를 내밀었다.

빨리 도장 찍어!

겨우 한다는 기 이혼장에 도장 받으러 왔나? 우짠 일로 병문안을 다 왔노 했다. 당신이 그러면 그렇지. 남자 하나에 내 인생이 흔들리지는 않지만, 위자료를 줘야 끝낼 것 아이가!

해옥이 엄마가 악다구니를 질렀다. 혹에 핏대가 불거졌다. 나는 혹이 터져 피가 쏟아질까 조마조마했다.

위자료를 와 내가 주노. 나도 피해자야.

아직도 그 소리가.

해옥이 아버지가 오면 부부는 곧잘 싸웠다. 그는 창녕에서 딴살림을 차렸고, 자식까지 두었다.

몇 년째고? 제발 그만 끝내자. 이래야 할 이유가 없잖아!

해옥이 아버지가 소리를 지르자 도쿠가 그를 보고 맹렬히 짖었다.

저놈의 똥개 새끼. 개새끼까지 날 물로 본다니까.

그가 옆에 있는 양은 냄비를 집어 들고 도쿠를 향해 던졌다. 양은 냄비가 도쿠의 머리에 정통으로 맞았다. 도쿠는 꼬리를 다리 사이에 감추고 비명을 질렀다.

개한테 와그라노. 개가 무슨 잘못이고.

인자는 개 역성까지 드나. 도쿠가 서방이라도 돼.

그래, 당신 형님이다 우짤래. 내가 당신하고 산 것보다 도쿠와 산

세월이 더 길다. 지 필요하모 살살 알랑거리며 붙었다가 소용 없으모 내뱉는 당신보다 백배 낫지. 서방이 나를 지켰나 자식이 나를 지키것나. 나라도 국민을 지키지 못하고 도로 빼앗겼는데…… 나를 끝까지 지키는 것은 도쿠다.

웃는 소리가 해옥이네 집에 들리지 않도록 나는 입을 가리고 킥킥 웃었다. 도쿠가 형님이라니. 내가 생각해도 틀린 말은 아니다. 도쿠는 군소리 없이 리어카를 끌면서 돈을 벌어 주지 않았는가.

도쿠한테 형님, 하고 절해라. 아나 도쿠야 이거 니 묵어라.

해옥이 엄마는 남편을 위해 장만한 불고기와 나물을 주워 담아 도쿠 밥그릇에 넣어 주었다.

해옥이네 집 담벼락에 동네 사람 두셋이 얼굴을 내밀고 마치 한일전 레슬링 경기를 관람하듯이 싸움 구경하고 있었다. 동네 사람들은 해옥이 엄마가 선생이었다는 걸, 대학을 나왔다는 걸 아무도 믿지 않았다. 흥, 흑쟁이가 일본서 대학 나왔으모 나는 미국 유학 갔다 왔데이. 여자가 많이 배우면 팔자가 드세다 안 카나, 입방아를 찧기 바빴다. 도쿠가 그들을 향해 사납게 짖었다. 해옥이가 울음을 터뜨렸다. 해옥이 엄마는 이혼 서류를 갈가리 찢어 버렸다. 쿄코! 해옥이 아버지가 소리쳤다. 잠시 후 또 쿄코, 라고 말했다. 해옥이 엄마는 그를 노려보더니 방문을 쾅 닫고 방으로 들어갔다. 쿄코? 쿄코가 무슨 뜻이지. 일본말 같은데, 도쿄를 잘못 말했을까.

그날 저녁, 아버지는 요 위에 엎드려 『문학사상』을 읽고 있었다.

아부지, 쿄코가 무슨 말입미꺼?

엄마는 티브이 레슬링 경기를 보고 있었다. '김일'의 박치기에 정신이 팔렸던 엄마도 아버지 쪽을 돌아보았다. 무슨 말인교? 라고 물었다.

별 뜻이 있나. 아마 그기 해옥이 엄마 이름이지.

아버지가 실쭉 웃었다.

맞다 창씨개명한 이름이다.

엄마는 손뼉을 치며 아는 척했다.

창씨개명은 무슨, 원래 이름이 쿄코인 걸 가지고.

해옥이 엄마에게 이름이 있다는 걸 나는 몰랐다. 우리 엄마 이름은? 빨리 생각나지 않았다. 엄마에게도 이름이 있다는 걸 나는 잊고 있었다. 엄마 이름을 불러 본 적도, 엄마 이름이 필요한 적도 없었다. 아버지도, 주위의 누구도, 엄마를 이름으로 부르지는 않았다. 엄마조차 자신의 이름을 잊고 산 게 아닐까. 결혼한 여자는 누구의 엄마이거나 택호로 불릴 뿐이니까.

아버지는 해옥이 엄마가 일본 사람이라고 했다. 그녀는 조선 땅에서 일본인으로 태어나 자랐다. 일제 강점기 때 해옥이 외조부모가 일본에서 건너와 산베이 과자를 만들어 팔았다고 했다. 조선인 해옥이 아버지는 그 점방의 점원이었다. 해방 이태 전, 두 사람은 결혼했다. 해방되어 해옥이 외조부모가 일본으로 돌아가면서 점방과 전답을 부부에게 물려주었다. 왜놈에게 빌붙어 산 놈, 게다짝을 핥다 죽을 종놈, 이라고 해방 후 조선인들은 해옥이 아버지를 멸시했다. 해옥이 엄마 면전에서 쪽발이 빠가야로, 욕을 했단다. 한·일 문제가 불거지면 주위의 편협한 시선 때문에 부부는 싸움이 잦게 되었다고 했다. 부부는 서로를 할퀴면서 결국 헤어졌다. 어쩌면 해옥이 아버지는 같은 민족에게 받은 수모가 더 컸을지 몰랐다.

그란데 당신이 우째 그 집에 숟가락 몇 개 있는 것까지 그리 잘 아노.

그 순간에도 엄마는 촉을 세우고 있었다. 아버지는 엄마의 레이더 망에 걸려들었다.

치아라마. 당신이 무슨 생각하는지 다 안다.

엄마는 토라져 방을 나갔다. 하여튼 여자들 소갈머리란…… 아버지는 담배에 불을 붙였다. 옆집의 불똥이 튀어 우리 집에 붙을 것 같았다. 아버지와 엄마 사이가 아슬아슬했다. 아무튼 해옥이 아버지는 조용히 지내다 가는 날이 드물었다.

해옥이 아버지는 그날 저녁 택시를 타고 돌아갔다. 해옥이 엄마는 택시가 시야에서 사라질 때까지 길에서 손을 흔들며 배웅했다. 나는 그 모습을 보고 해옥이 엄마가 친절한 일본인이 맞구나 생각했다. 해옥이는 방으로 들어갔다. 해옥이 엄마는 마루에 앉아 일본말로 혼잣말했다. 한숨을 푹 내쉬며 가슴을 쳤다.

한동안 해옥이네 집에서는 아무런 인기척이 없었다. 도쿠도 짖지 않았다. 고요했다. 나는 걱정이 되었다. 방문을 조금 열고 해옥이네 집을 훔쳐보았다. 해가 뉘엿뉘엿 지고 있었다. 해옥이 엄마는 아직도 우두커니 마루에 앉아 있었다. 목에 두르고 있던 목도리를 풀었다. 혹이 드러났다. 혹의 실체를 전부 본 건 처음이었다. 크리라 짐작했지만, 예상보다 혹은 훨씬 컸다. 그녀의 얼굴 삼분의 이 크기만 했다. 혹이 몸을 잠식하고 있는 느낌이 들었다. 어떻게 고개를 숙이고 세수할까. 목을 마음대로 움직일 수 있을까. 음식을 제대로 삼킬 수 있을까. 해옥이 엄마가 혹을 긁었다. 몹시 가려운지 몸서리를 치며 부르르 떨었다. 혹은 갈색이었다. 손을 자주 탄 혹의 부위는 피부가 괴사했는지

까맸다. 저녁노을에 눈이 부셔 혹이 일그러져 보였다. 눈과 코와 입이 혹에 붙어 있는 듯했다. 흉측한 괴물로 변한 혹이 해옥이 엄마의 간이 며 쓸개와 창자를 끄집어내어 먹고, 마지막엔 뼈까지 오도독 씹어 먹 을지 모른다는 생각이 들었다. 혹이 점점 커져 몸을 덮어 버리고 그녀 는 쪼그라들지 몰랐다. 나는 소리 나지 않게 방문을 닫았다. 해옥이 엄마 한숨 쉬는 소리가 또 들리는 듯했다.

공동수돗가의 사람들

물과의 전쟁이었다.

가뭄은 지난가을부터 이어졌다. 해가 바뀌고 정월 대보름이 지나고 삼월이 와도 비는 내리지 않았다. 먹는 물조차 귀했다. 온 동네 사람들은 물을 찾아 나섰다. 저승길이 낼모레인 노인이나 걸음을 막 뗀 갓난쟁이, 하물며 마루 밑의 똥개도, 몽당 빗자루도, 손을 보태야 했다.

물동이를 들고 공동수돗가에 갔다. 타작마당에까지 물동이가 줄줄이 늘어서 있었다. 내 앞에도 물동이가 스무 개 가량 놓여 있었다. 물동이를 헤아리는 중에도 내 뒤에 두 개가 더 늘어났다. 저녁밥 지을 시간이라 사람들이 더욱 붐볐다.

이리 비가 안 오니 모내기도 몬 하는 거 아이가?

새마을 모자를 쓴 아저씨가 말 마중했다.

모내기가 문젭미꺼? 당장 묵을 물도 없는 데예.

아기를 업은 새댁이 넙죽 말을 받았다.

박통하고 그 떼까리들이 장기 집권하니 하늘이 노한 깁미더.

내 앞에 서 있던 총각이 뒤돌아보며 말했다. 그는 등판에 영어로 프린트 된 낡은 회색 추리닝을 입었는데, 미제 구제품으로 보였다.

총각의 그 말에 주위에 있던 사람들이 뜨악한 표정을 지었다.

총각, 말 조심하레이. 그라다 잡혀간다.

새마을 모자 아저씨가 검지로 입을 가렸다.

저리 물이 많아도 묵도 몬 한데이.

새댁이 합포만의 바다를 바라보며 말했다.

멀쩡한 바다를 메워서 육지로 만들모 머 합미꺼. 차라리 바닷물을 식수로 만드는 기 낫제.

총각은 수출자유지역 쪽으로 담배 연기를 날리며 말했다.

누가 아이라예. 맞습미더.

총각의 그 말에 나도 맞장구를 쳤다.

아버지가 그랬다. 바다를 매립해 조성한 수출자유지역은 얻는 거보다 잃는 게 더 많을 거라고.

아야, 가만히 있어 봐라 낼모레가 3·15제? 동사무소에서 참석하라 해서 귀찮아 죽것다. 그때 학생들이 말이다……

새마을 모자 아저씨가 손가락으로 날짜를 짚으며 운을 뗐다. 그때, 뒤에서 누군가 머 하노, 해찰하지 말고 빨리 옮기라, 말했다. 물동이를 앞으로 옮기느라 새마을 모자 아저씨는 말을 멈추었다. 드디어 내물동이가 수돗가 안으로 입성했다. 수돗가 안에도 물동이와 사람들이 뒤엉켜 발 디딜 틈이 없었다.

물이 넘쳐흘렀다.

영우네 김장용 고무다라이 안에 삶은 무청 시래기가 가득 들어 있었다. 물이 밖으로 넘쳐 흐르는데도 누가 선뜻 나서서 그 다라이를 치우고 물을 받는 사람이 없었다. 수도꼭지 다섯 개 중에서 세 개는 물이 말라서 나오지 않았다. 두 곳에서만 물이 찔찔 흘렀다. 그중 하나는 영우네가 늘 독차지했다. 나머지 한 곳의 수도꼭지에 사람들이 목을 빼고 차례를 기다리는 거였다. 며칠 새 비가 오지 않으면 여기도 언제 물이 마를지 모를 상황이었다.

피 같은 물이 넘치네. 저 다라이 주인 있는 거요 없는 거요? 총각이 말했다. 아무런 반응이 없자 총각은 영우네 다라이를 옆으로 밀쳤다. 함께 온 할머니의 바께스를 수도꼭지 밑에 놓았다. 총각이 잠자는 '히라소니' 코털을 뽑는다고 나는 생각했다. 바께스 물이 반쯤 찼을 때였다. 두툼한 몸뻬바지를 입고 허리에 전대를 찬 영우 엄마가 큰 나무 도마와 무쇠 칼을 들고 나타났다. 피 묻은 나무 도마 위에 고등어 대가리와 꼬랑지, 내장이 놓여 있었다. 영우 엄마 손에도, 잘 벼른 칼날에도 피가 묻어 있었다. 가게에서 손님의 고등어를 손질하고 온 모양이었다. 수돗가에 비린내가 진동했다. 물을 받는 총각의 바께스를 영우 엄마가 확 집어 던졌다. 양철 바께스가 엎어지며 물이 쏟아지고 밑동이 찌그러졌다. 할머니가 바께스를 주웠다.

아지매, 와 그라요!

총각이 볼멘소리를 질렀다.

니미, 내장으로 창란젓을 담을 놈. 누가 여다 물 받으라 했노!

영우 엄마가 소리를 질렀다.

이기 아지매 꺼요!

하모, 내끼다.

말도 안 되는 소리 하지 마소. 공동수도가 우째서 아지매 꺼요.

나는 총각의 그 말에 막힌 수도관이 뻥 뚫리는 것 같았다. 아싸, 자알 한다. 속으로 응원했다. 분명히 공동수도다. 수돗가가 단지 영우네 가게에 잇대어 있을 뿐, 영우네 것은 아니다. 영우 엄마는 자신의 고무다라이를 당겨서 수도꼭지 밑에 놓았다. 도마 위의 것들을 구정물통에 던지며 구시렁거렸다. 장가도 안 간 놈이 불알 떨어지게 뭔 수돗가고. 그 말을 들은 사람들이 킥킥 웃었다. 영우 엄마는 쪼그리고 앉아 노란 플라스틱 바가지로 다라이 안의 물을 퍼서 도마를 씻었다. 총각이 피우던 담뱃재가 다라이 안의 무청시래기로 떨어졌다. 영우 엄마가 발딱 일어났다.

대가리에 피도 안 마른 놈이 어따 담배를 피우고 지랄이야 지랄이. 눈구녕에 재 떨어지는 거 안 보이나!

영우 엄마 눈에 총각이 만만하게 보였으면 아마 뺨을 때렸을지 모른다. 그런데 소리만 앙칼지게 질렀다.

영우 엄마에게 나도 당한 적이 있었다. 국민학교 때였다. 토요일 일찍 학교에서 온 나는 쌀 씻는 양은 다라이를 이고 물을 길러 갔다. 물을 다섯 번 기르면 엄마가 용돈을 준다고 약속했다. 나는 가운데 수도꼭지에서 물을 받고 있었다. 가시나가 와 이리 걸리적거리노. 저리 안 가나. 곁에서 채소를 씻고 있던 영우 엄마가 내 다라이를 내동댕이쳤다. 나는 물도 받지 못하고 젖은 옷을 입은 채 울면서 집으로 돌아왔다. 그 뒤, 물 길러 가면 수돗가에 영우 엄마가 있을까 없을까 먼저 살피곤 했다. 참, 하나 더 있다. 엄마 심부름으로 콩나물을 사러 갔던 날이었다. 아주머니들이 가게에 많이 있었다. 나는 가게 안으로 들어

가지 못하고 앞에서 얼쩡거렸다. 머 사끼고? 안 살라하모 가고. 영우 엄마는 쫓아내듯이 바가지 물을 내 앞으로 뿌렸다. 드센 기세에 주눅이 든 나는 콩나물 줄기만큼 가느다란 소리로 말했다. 콩나물 백 원어치예. 영우 엄마가 누런 종이 봉지에 콩나물을 담아 거칠게 내밀었다. 나는 집으로 가면서 봉지 속의 콩나물을 들여다보았다. 어리다고 어른이 살 때보다 적게 주는 것 같았다. 외상으로 사는 것도 아니고 현금을 주고 사는데 너무하다고, 다시는 가나 봐라 다짐해 놓고 영우네로 또 가곤 했다.

영우네 뭔 말을 그렇게 하신가.

할머니가 언짢은 표정을 지으며 말했다.

영우 엄마는 할머니 말을 듣는 시늉도 하지 않았다. 입으로 쉬쉬 소리 내며 다시 도마를 씻었다. 노인이 와 이리 걸리노. 곁에 선 할머니 다리를 팔꿈치로 툭 쳤다. 할머니가 미끄러지며 넘어졌다. 축축한 바닥에 엉덩이를 찧었다. 아 야야, 나 죽는다아. 철퍼덕 물에 주저앉은 할머니는 일어나지 못했다. 영우 엄마는 아랑곳없이 칼에 묻은 피를 씻었다. 시퍼런 무쇠 칼날이 햇볕에 반짝거렸다. 칼날에 총각의 얼굴이 비쳤다. 갑자기 총각의 눈초리가 올라가고 짙은 눈썹이 꿈틀거렸다. 온몸의 근육과 신경돌기가 바짝 긴장한 듯 부들부들 떨었다. 눈알이 번쩍 불을 뿜었다. 낯빛이 희노랗게 변했다. 총각이 칼을 노려보며 집어 들었다. 단숨에 영우 엄마 배를 푹 찔렀다. 영우 엄마가 배를 틀어잡고 비명을 질렀다. 그 장면을 목격한 사람들은 순식간에 염라대왕이 장난을 치고 갔나, 하는 어리바리한 표정이었다. 총각도 얼이 빠진 듯 멍해 보였다. 손에 쥐고 있던 칼을 바닥에 놓았다. 영우 엄마는 연신 날카롭게 비명을 질렀다. 총각은 꿇어앉아 귀를 틀어막았다. 몸을 움츠리며 또 부들부들 떨었다. 할머니는 새마을 모자 아저씨 부축을 받고 일어났다. 야가 와 이라노, 야가 와 이라노, 되뇌며 총각의 가슴을 쳤다. 뒤돌아선 할머니의 빨간 월남치마 엉덩이가 축축했다. 수돗가 밖에 있던 사람들이 몰려들었다. 어른 서너 명이 영우 엄마를 부축해 가겟방으로 데리고 갔다. 살려 주이소, 살려 주이소. 눈알이 히까닥 뒤집혀 흰자위를 드러낸 총각은 바닥에 꿇어앉아 손바닥을 싹싹 비볐다. 비는 대상이 영우 엄마도 할머니도 아니라는 것은 느낌으로 알 것 같은데 정확히 누구인지는 알 수 없었다. 상호야, 정신 채리라. 이눔아야, 할머니는 총각의 뺨을 때리고 등짝을 쳤다. 머리를 감싸고 품에 안았다.

정신이 돌아왔는지 총각은 허청허청 수돗가를 빠져나갔다. 사람들이 물러서며 길을 열었다. 할머니는 한숨을 쉬면서 총각의 뒤를 따랐다. 저놈 붙잡아야 하는 거 아이가. 경찰에 신고하자, 걸어가는 총각을 향해 쑤군대기만 할 뿐 선뜻 나서는 이가 없었다. 그 총각 누고? 몰라. 낯선 얼굴인데. 이 동네 사람은 아인 거 같던데. 아까 그 할매 손자 아이가. 말이 오고 갔다. 나는 놀라서 심장이 콩닥거리고 손이 후들거렸다. 물을 받지 말고 그냥 집에 갈까 하다 여태껏 기다린 게 아까워서 참았다. 수돗가에 있던 사람들이 방범창 틈으로 영우네 가겟방 안을 들여다보았다.

까치발을 딛고 나도 사람들 어깨 너머로 방 안을 기웃거렸다. 새마을 연쇄점 아주머니가 영우 엄마 윗옷을 벗겼다. 헌 낭닝구를 찢어서 배를 감고 응급처지 했다. 된장을 붙여라, 아까징키 빨간 약을 발라라, 지혈에는 갑오징어 뼛가루가 최고다, 시내 박외과 가야 된다, 택시를 퍼뜩 불러라, 방 안에 모인 사람들이 한마디씩 거들었다. 환자는 한 사람인데 말품으로 치료하는 '안다이 박사' 의사가 여럿이었다. 영우는 동네 사람들 사이에서 안절부절못하고 밖에서 방 안을 기웃거렸다. 영우는 자기 집인데도 종종 방 앞이나 가게 앞에서 서성거리곤 했다. 언젠가 웬일로 수돗가에 나 혼자뿐이었다. 영우네 방 안을 들여다보았다. 영우 엄마가 어떤 남자와 뒤엉켜 있는 걸 보고 깜짝 놀랐다.

영우 엄마는 가끔 가겟방에 남자를 끌어들였다. 그런 날, 영우는 군것질거리를 입에 달고 다니거나 만화방에서 만화를 보거나 딱지치기나 구슬치기로 밖에서 시간을 보냈다. 하루는, 늦은 밤에 새마을 연쇄점에 호빵을 사러 갔다가 가게 양철 문에 기대어 앉아 졸고 있는 영우를 보았다. 나는 발소리 나지 않게 영우에게 다가갔다. 얇은 옷을 입은 영우는 추운지 몸을 바짝 옹그리고 있었다. 나는 영우가 불쌍했다. 따뜻한 호빵을 영우 앞에 놓아두었다. 얼른 집에 가서 작은 이불을 가져와 영우에게 덮어 주고 싶었다. 뒤돌아서려는데 영우가 눈을 뜨고 멀뚱히 나를 쳐다보았다. 니 여기서 머 하노. 방에 들어가서 자라. 영우는 아무 말 하지 않았다. 고개를 숙이고 제 앞에 놓인 호빵만 만지작거렸다. 허술하게 닫힌 가게 문틈으로 남자 구두가 희미하게 보였다. 나는 뒤돌아섰다. 엄마 들어가도 돼? 아직 멀었나? 엄마 들어가까? 방 안을 향해 소리치는 영우의 목소리가 들렸다. 나는 고개를 돌려 영우를 다시 한 번 쳐다보았다. 방 안에서 아무런 기척이 없자 영우는 일어나 골목으로 사라졌다.

남자가 영우 엄마를 꼬드긴 것이 아니라 영우 엄마가 당당히 사내를 선택한 것이라고 동네 여자들이 숙덕거리곤 했다. 영우 엄마는 주체적이잖아, 잘났어 정말. 그녀들은 영우 엄마 흉을 보면서도 은근히 부러워하는 듯했다. 어느 날은 미풍양속 위반이라며 경찰이 영우네 가겟방을 덮쳤다. 영우 엄마와 바람을 피운 남자의 부인이 신고한 거였다. 니미 씹할, 나라에서 빤스 속에도 계엄령을 내렸나. 영우 엄마는 경찰에게 암팡지게 포탈을 부렸다.

가겟방의 앉은뱅이책상에서 숙제하는 영우를 가끔 보기도 했다. 영우의 꿈은 철공소에 다니는 것이다. 국민학교만 졸업하고 철공소에 가서 기술을 배울 거니까 학교 공부는 필요 없다고, 철공소에 취직해서 돈을 벌면 엄마를 편하게 해 줄 거라고 성당 주일학교에서 영우가 말했던 게 기억난다. 그럼에도 영우는 제 엄마에게 등짝을 몇 대 맞고 완력에 이끌려 중학교에 갔다. 영우와 나는 국민학교 삼학년까지 같은 반이었다. 사학년부터는 남·여로 반을 나누었기 때문에 같은 반이 될 수 없었다. 내가 기억하는 영우는 시험 점수가 낮아서 선생에게 매 맞는 아이 중 단골이었다. 하지만 구슬치기와 딱지치기는 잘했다. 동네 애들 것은 다 따먹었고, 딴 것을 되팔기도 했다. 허나, 내가 고무줄놀이할 때 다른 머슴애들처럼 고무줄을 끊거나, 공기놀이할 때 공깃돌을 발로 차서 흩뜨려 놓거나 하며 골탕 먹이지는 않았다. 치마를 홀라당 뒤집어 아이스께기, 하며 놀리지도 않았다. 영우는 나를 보호하지도 않았고, 그렇다고 울리지도 않았다. 영우가 부러울 때도 있었다. 급식 빵을 먹을 때였다. 4교시 후 급식 시간이면, 가난한 학생에게 주는 배급용 옥수수빵을 시커멓게 때 앉은 손으로 먹고 있는 영우가 부럽고 부러웠다. 노르스름하게 구워진 빵이 먹고 싶어도 나는 쫌 도라,

말하지 못했다. 매몰차게 거절당할까 봐. 맛있나? 내 짝인 영우는 흘러내리는 누런 콧물을 들이마시며 무심히 고개만 끄덕였다. 나는 침을 꼴딱 삼켰다. 어떤 맛이고? 고소하나? 아까보다 더 큰 소리로 물었다. 영우는 대꾸도 않고 몸을 휙 틀어 빵을 아껴 가며 혼자 조금씩 떼어 먹었다. 갈색으로 탄 빵 껍데기 한 귀퉁이라도 떼어서 아나, 무라, 하고 줬어도 그렇게 야속하지는 않았을 것이다. 지금도 그 생각하면 가슴이 쓰리다. 문디 자슥.

옛 생각에 젖어 있는 동안에도 물은 멈추지 않고 계속 흘렀다. 새마을 모자 아저씨가 영우네 수도꼭지 밑에 물동이를 슬그머니 놓았다. 새댁의 아기가 떼를 쓰며 울었다. 새댁이 셔츠 앞섶을 열고 통통불은 젖가슴을 꺼내어 아기 입에 물렸다. 그러자 한쪽 젖가슴에서도 젖이 세차게 뿜어져 나와 아기의 얼굴을 쏘았다. 아기의 얼굴에 젖이 묻었다. 새댁이 손으로 아기 얼굴의 젖을 닦았다. 세차게 뿜어져 나오는 젖과 찔찔거리며 나오는 물. 묘한 대조를 이루었다. 물이 저렇게 잘 나왔으면, 생각했다. 많은 사람 앞에서 사발만 한 젖통을 드러낸 새댁은 부끄러워하기는커녕 당당했다. 아들이기 때문이었을까. 얼라가 배고팠고만, 고놈 잘 묵는데이, 새마을 모자 아저씨가 말했다. 뽀얀 젖통을 쳐다보며 침을 삼키는 소리가 음험하게 들렸다. 민망해서 얼굴이 달아올랐다. 드디어 내 차례가 되었다.

나는 물동이 삼분의 이 가량 물을 받았다. 가득 담아 가기에는 힘에 부쳤다. 새마을 모자 아저씨가 물동이를 이어 주었다. 물동이 손잡이를 꽉 잡고 수돗가를 나섰다.

타작마당에는 차례를 기다리는 사람들이 영우네 가게 방 안을 들여다보거나 삼삼오오 모여 쑥덕거리고 있었다. 차례를 기다리는 사람들이 다른 데 정신이 팔린 사이 별명이 '뺑덕에미'인 아주머니가 궁둥이를 샐죽거리며 쪼르르 앞으로 갔다. 물동이 대여섯 개를 제치고 바께스를 슬그머니 놓았다. 와 새치기하노, 박씨 할머니가 언성을 높였다. 할매, 식구 것이 여 있으이 새치기 아입미더, 뺑덕에미가 뒤를 돌아보며 말했다. 식구가 무슨 소용이고. 인자 왔으모 뒤에 서야지. 얍삽하게 새치기하지 마소. 영우네 가겟방을 기웃거리던 사람들이 한마디씩 거들고는 제 물동이를 챙겼다. 동네 사람들의 서슬에 맥을 못 춘 뺑덕에미는 바께스를 들고 맨 뒤로 갔다.

걸을 때마다 고개가 끄덕거렸다. 물동이 속의 물이 출렁거리며 바닥으로 쏟아지고, 어깨와 얼굴에도 흘러내렸다. 물동이와 함께 앞으로 넘어질 듯 위태위태했다. 하필, 칼로 배를 찌른 장면이 떠올랐다. 시간이 지나 긴장이 풀려서인지 직접 목격했을 때보다 무섬증이 깊이 파고들었다. 오갈이 들어 다리가 후들거렸다. 국민교육헌장을 외우며 조심조심 걸었다. ……공익과 질서를 앞세우며 능률과 실질을 숭상하며…… 명랑하고 따뜻한 협동 정신을 북돋운다.

장독대 담 위에 겨우 내려놓은 물동이에는 물이 반밖에 남아 있지 않았다. 양철 물동이를 꼬꾸라뜨리지 않은 것만도 다행이었다. 수돗가에서 벌어진 일을 엄마에게 고자질하고 싶어 입이 근질거렸다. 아침에 학교 갈 때 나와 함께 나간 엄마는 여태 오지 않았다. 집에서 빨래하기에는 물이 턱없이 부족했고, 근처 냇가에도 물이 말랐다. 엄마는 고개 넘어 서원골에 빨래하러 갔다. 산더미같이 밀린 빨랫감을 머리에 이고 먼 길을 나서는 발걸음이 이상하게 가벼워 보였다.

엄마는 아버지의 난폭한 술주정에 맞서 집문서와 캐비닛 금고에 든 현금을 가지고 집을 나간 적이 있었다. 그 후 나는 집에 오면 엄마부터 찾는 게 습관이었다. 엄마가 집에 있으면 안심이 되었고, 없으면 나를 두고 또 떠난 게 아닌가, 다시는 돌아오지 않을까 불안했다. 엄마는 호주에 이민 간 이모에게 가려다 비자가 나오지 않아서 돈을 다 탕진하고 돌아왔다. 나는 골목 입구에서 엄마를 기다렸다. 그 사이에 뒷문으로 왔을까 다시 집으로 가 확인했다. 몇 번이나 골목과 집을 들락거렸다. 가뭄에 논바닥 타들어 가듯 마음이 졸아들었다. 그러고 보니 남편도 없이 사는 영우 엄마는 자기 혼자 살겠다고 재가하거나, 자식을 두고 도망가거나, 고아원에 보내거나, 해외 입양시키지는 않았다. 자식들을 잘 먹여 키웠다. 일주일에 한 번은 쇠고기나 돼지고기도 먹었다. 달걀도 떨어지지 않게 먹고, 깡통에 든 미제 버터와 귀한 햄도 먹었다. 영우네는 하도 잘 먹고 살아서 방귀도 버터 냄새가 나고 똥도 기름이 잘잘 흐른다고 동네 사람이 우스갯소리로 말하곤 했다.

두부를 사러 갔다가 영우네 열린 방문 틈으로 밥상이 차려져 있는 걸 보았다. 둥근 양은 상에는 굵은 갈치구이며 명란젓갈, 냉이나물, 굴전과 김 등 반찬이 푸짐했다. 와아, 저렇게 잘 먹고 사는데 가난하다고 급식을 타 먹는다는 건 말도 안 되는 순 거짓말이라는 생각이 들었다. 그날, 우리 집 저녁 밥상에 올라온 반찬은 겨우내 지겹도록 먹은 김장김치와 시래기 된장국뿐이었다. 짜증이 났다.

엄마, 한창 클 나이에 이리 묵고 키가 크겄나. 영양실조 걸리겄다. 영우네도 우리보다 잘 묵고 살더라.

그라모 그리 가서 살아라.

차라리 엄마 배 속에 도로 들어갈란다.

그 여편네는 팔도 안 하고 묵어서 조지고마는.

장사가 팔고 남은 것을 먹어도 부족할 판에 좋은 거는 지가 다 먹으니 가난을 면할 수 있나.

짠 된장국을 떠먹은 아버지가 인상을 찌푸리며 말했다.

옆에 군식구 없더나?

엄마가 말했다.

생각해 보니 안면 있는 아주머니가 함께 밥을 먹고 있었다. 영우네 밥상에는 동네 사람 한두 명이 종종 끼어 있곤 했다. 숟가락 하나만 더 놓으면 된다며 기어이 숟가락을 들게 했을 거라고, 밥을 얻어먹은 사람들은 뒤통수가 따가워서 빈손으로 가지는 못할 거라고 엄마가 말했다.

그게 장사 수단이네, 고단수다 고단수.

아버지가 숟가락을 놓으며 말했다.

영우 엄마는 암암리에 양키 물건도 팔았다. 미군부대에서 뒤로 빼돌린 군복, 화장품과 통조림, 양주와 양담배, 커피, 버터 등이었다. 그것으로 알짜배기 수입을 올리는 듯했다. 영우 엄마는 방문을 문고리로 닫아걸고 농에서 '구찌베니'를 여러 개 꺼내었다. 이 동네 촌것들은 이런 거 못 사. 시내 멋쟁이들이나 사지. 영우 엄마는 시내에서 온 여자에게 샤넬 '구찌베니'를 색깔별로 선보였다. 말만 하소. 양놈하고 자고 싶으모 양놈도 구해 줄 테니까. 빨간 '구찌베니'를 입술에 바른 영우 엄마가 음험하게 웃었다. 수돗가에서 영우네 방 안을 훔쳐보다 우연히 그 장면을 목격했다. 엄마는 영우 엄마에게 양놈이 먹는 정력제를 구해 달라고 아버지 몰래 돈 대신 쌀을 퍼주다 나에게 걸렸다.

드디어 엄마가 왔다. 엄마, 큰일 났다 큰일 났어. 살인 날 뻔했다니까. 나는 수돗가에서 일어난 일을 부풀리고 각색해서 드라마처럼 말했다. 그러면 그렇지, 엄마 눈에 호기심이 드러났다. 엄마는 구경 중에서 싸움 구경이 제일이라고 했다. 이웃에서 싸움 소리가 들리면, 밥솥의 밥이 끓어 넘치거나 말거나 내팽개치고 달려 나가곤 했다. 평소라면 내 말이 떨어지자마자 영우네로 갔을 터인데, 아이고 허리야, 파스 하나 붙여야 되겠다, 종주먹으로 허리를 두드리고는 빨래를 널었다. 나는 김이 팍 샜다. 다시 뒷심을 발휘해 말했다.

영우 엄마는 언젠가 더 쎈 사람한테 당할 것 같더라니까.

똥이 무서바서 피하나.

엄마는 수건을 털어서 널며 심드렁히 말했다.

착각도 자유라니까. 영우 엄마는 자기가 잘났다고, 사람들이 무서바하는 줄 착각하고 사니 그렇지.

나는 뒤집어진 양말을 바르게 펴서 널며 말했다.

알고 보모 영우 엄마도 불쌍타. 여자 혼자 벌어서 새끼들하고 묵고 살라하모 우째 안 거시겠노? 처음부터 드센 사람 없데이.

엄마는 바지를 널며 영우 엄마를 두둔하는 투로 말했다. 뜻밖이었다. 영우 엄마가 불쌍해서 웬만하면 동네에서 눈감아 준다는 거였다. 진짜 강한 것은 상대를 불쌍히 여기는 마음인지 모른다. 윤리 시간에도 배웠다. 측은지심.

얼매나 다쳤는가 박카스라도 사서 디다 봐야것다.

엄마는 영우 엄마에게 산 미제 치자열매색 구찌베니를 입술에 발랐다. 그리고 마를린 먼로처럼 입술을 폈다 오므렸다 하고는 영우네로 갔다. 엄마는 이번 봄 군산행 벚꽃관광에 밀리지 않기 위해 로비를 하러 영우네로 가는지도 모른다.

영우 엄마는 관광계 '오야'다. 계원들은 동네 사람들이며, 달마다 곗돈을 영우 엄마에게 냈다. 돈이 모이면 관광버스를 대절해 봄이면 벚꽃 구경, 가을이면 단풍 구경으로 전국을 돌아다녔다. 영우 엄마는 '오야'이기 때문에 회비는 내지 않았다. 이까짓 오야 해 봐야 시다바리나 마찬가지제. 말 그대로 봉사인기라. 그 봉사가 권력이 되어 계원들과 곗돈을 마음대로 주물렀다. 계원 수가 늘어나 버스 한 대에 모두 탈 수 없었다. 영우 엄마는 선착순이라고 공고를 했다. 비싼 양키 물건을 잘 사는 사람, 가게 단골, 그녀의 비위를 잘 맞추는 사람을 먼저 뽑았다. 엄마는 영우네에서 오래 있지 않았을 텐데 어디서 시간을 보내고 왔는지 저녁 늦게 돌아왔다. 물지게 빌리기가 이리 힘이 든다, 늦게 온 핑계를 대었다. 그리고 잠든 아버지를 깨웠다.

밤 두 시, 우리 가족은 물을 길러 나섰다. 그 시각에는 물 긷는 사람이 없을 것이고, 물탱크에 물이 차 있을 것이기 때문에 빨리 물을 받을 수 있다고 엄마는 말했다. 아버지는 엄마가 이웃에서 빌려 온 물지게를 양어깨에 졌다. 나는 모처럼 온 가족이 나들이하는 양 약간 달떴다. 통금 단속을 피해 골목으로 갔다.

아부지, 우리도 상수도 설치하입시더.

지대가 높아서 언제 수도관이 여까지 오겠노. 시내 사는 사람들은 가만히 앉아서 수돗물 묵는다 하더마는. 낮에도 수돗물이 펑펑 나온다 하더라.

엄마가 어두운 길에 플래시를 비추며 말했다.

같은 시민인데 누구는 상수돗물 묵고, 누구는 산수도 물도 안 나와 밤늦게까지 고생이가? 시청에 가서 따져야 되겠습미더.

내가 말했다.

못난 사람은 지가 부당한 대우를 받는지도 모르고 산다. 세상에 지 못난 기 제일 서러운 기라.

아버지가 말했다.

아부지, 맞습미더. 없는 사람이 지보다 더 없는 사람을 갈군다 아입미꺼. 아까 낮에 수돗가에서 영우 엄마가 불쌍한 할매를 깔아 뭉갤라꼬 했어예.

가시나가 나설 때 안 나설 때 구분도 못 하고 어른들 하는 일에 와 나서노!

엄마가 말했다.

가시나 가시나 하지 말라니까, 듣는 가시나 기분 나쁘게. 성차별이가? 윤리 시간에 선생이 성차별은 엄마로부터 시작된다고 하더마는 틀린 말이 아니네.

엄마에게 결국 등짝을 얻어맞았다. 나는 화가 나서 코를 씩씩 불었다. 골목을 벗어나 타작마당으로 들어섰다.

예전에 타작마당에서는 농사철이면 도리께로 보리타작하고, 벼를 말리고, 정월 대보름이면 매구놀이 마당을 벌렸다. 매구놀이를 할 때 영우 엄마는 설장구를 잘 쳤다. 끈으로 묶은 장구를 어깨에 둘러메고 어깨를 들썩이며 신명 나 하던 모습이 떠올랐다. 그리고 약장수가 각설이 타령하며 회충약을 팔고, '동춘 곡마단'의 곡예사가 줄을 타고,

원숭이가 외발자전거를 타며 쇼를 했다. 그랬던 곳이었는데 새마을운 동으로 흙바닥을 콘크리트로 포장하고 도로를 넓혔다. 새마을운동으 로 풍속이 사라져 버렸다.

온 동네는 불이 꺼져 캄캄했다. 어느 집에서 개 짖는 소리가 들렸 다. 수돗가에 아무도 없을 줄 알았는데 젊은 여자가 바께스에 물을 받 고 있었다. 그 여자는 아버지께 인사하며 졸업생이라고 말했다. 내가 양은 다라이를 머리에 이려고 하니까 엄마가 수건으로 똬리를 만들어 내 머리에 놓았다. 엄마의 물동이는 아버지가 번쩍 들어 머리에 이어 주었다. 엄마는 한 손으로 물동이 손잡이를 잡고, 다른 손으로는 플 래시를 비추었다. 플래시의 노랗고 둥근 불빛이 마치 땅에 달이 뜬 것 같았다. 물지게 운전이 왕초보인 아버지는 물이 무거운지 갈지자로 걷기도 했다. 물이 출렁거리며 바닥으로 넘쳤다. 물 다 쏟는다, 엄마 가 잔소리했다. 나는 영우네 가게를 슬쩍 쳐다보면서 걷다가 돌부리 에 걸려 넘어질 뻔했다. 가게 문은 닫혀 있었고 방에도 불이 꺼져 있 었다.

다음 날, 학교 가는 길에 영우를 만났다. 삼백 미터 가량 떨어진 거 리에서 영우는 반대쪽에서 내려오고, 나는 학교 뒷문을 향해 올라가 는 중이었다. 중학생이 된 후 영우를 자주 만날 수 없었다. 여우야 여 우야 비실이 여우야 뭐 하니, 무심결에 그렇게 부를 뻔했다. 영우 별 명이 비실이 여우였다. 짝꿍일 때 영우를 놀리느라 그렇게 부르곤 했 다. 너거 엄마 어떻노. 괜찮나? 나는 물어보지 못했다. 부끄럽고 쑥스 러워서. 영우가 무척 반가웠으나 겉으로 티를 낼 수 없었다. 나는 집 에 무엇을 빠뜨리고 온 양 허둥거리며 몸을 틀었다. 고개를 숙이고 다시 내려갔다. 골목에 숨어 영우가 지나가길 기다렸다. 얼굴이 빨갛게 달아올랐다. 만일 저희 엄마에 관해 물었다면 영우는 암시로 와 묻노, 하며 자존심이 상해서 화를 내었을지 모르겠다.

그나저나 저희 엄마가 아주 아프면 학교에 못 갈 텐데 가니까 크게 다치지는 않은 모양이었다. 지난해 전국체전 때 개회식을 마치고 버스의 맨 뒷좌석에 앉은 영우를 보았다. 공설운동장에서 한꺼번에 쏟아져 나온 학생들로 인해 버스 안은 미어터질 지경이었다. 색색의 두꺼운 마분지를 든 나는 키 큰 학생들 틈에 끼어 손잡이도 잡지 못하고 서 있었다. 운동장의 황토가 흰 체육복 바지 엉덩이에 묻어 있었다. 영우와 눈이 마주칠까 봐 얼른 고개를 돌렸다. 우리는 산복도로에서 내렸다. 영우는 색색의 반짝이 총채와 흰 장갑을 겨드랑이에 낀 채 오른쪽에서 걷고 나는 왼쪽에서 걸었다. 우리는 길 양쪽에 서로가 있다는 걸 의식하면서 모르는 척 다른 곳을 쳐다보며 걸었다. 중학생이 된 후 영우를 만나면 기분이 이상야릇하고 가슴이 콩닥거렸으나, 드센 영우 엄마와 연결하면 고개가 가로 저어졌다.

영우 엄마는 창동 박외과에서 몇 바늘을 꿰매었다고 했다. 두꺼운 옷을 여러 겹 껴입은 탓에 크게 다치지 않았고, 옷이 방패가 된 모양이었다. 가게는 여는 날보다 닫는 날이 많았다. 어시장 도매상에서 물건을 떼 오지 않아서 팔 물건이 별로 없어 보였고, 어쩌다 가게 문을 연 날은 영우가 장사를 했다. 그기 뭐를 제대로 알아서 팔겠노. 엄마가 끌탕을 찼다. 영우 엄마는 영우가 콩나물을 많이 주면 많이 준다고 야단쳤다. 물건이 어디에 있는지, 가격이 얼마인지 모르면, 야이, 빙신아 그것도 모르나. 몇 번이나 갈쳐 줘야 알겠노, 방문을 열어 놓은 채 방에 누워서 악을 쓰고 욕을 퍼부었다. 이기 다 글마 그거 땜에 그란 기라. 평생 콩밥 맥이나 안 맥이나 두고 봐라, 이를 갈았다.

한동네 살면서 수갑 차는 거는 막아야 된다며 동네 사람들이 타작마당에 모였다. 영우 엄마 성질머리에 합의해 주겠나?

새마을 모자 아저씨가 말했다.

성질이 지랄 같아서 상처도 빨리 안 낫겠데이. 아이를 업은 새댁이 말을 받았다.

경찰 부르모 영우 엄마가 먼저 잡혀 가끼다 구린 게 한두 갠가. 누가 동네에 반찬 가게 하나 더 차린다고 엄포를 놓아라. 그기 답이다. 새마을 연쇄점 아주머니가 말했다.

지도 묵고 살라하모 백기 들것제. 안 되모 할 수 있나 막판까지 가는 수밖에. 영우 엄마도 그거는 알끼다.

의견이 분분했다. 예전부터 우리 동네는 이웃끼리 일어난 분쟁을 해결하지 않으면, 이장을 비롯해 동네 유지들이 나섰다. 그들이 설득해도 화해하지 않으면 따돌림을 당하거나 동네에서 쫓겨나거나 멍석말이를 당했다.

총각과 할머니가 쇠고기 서너 근을 들고 영우네로 갔다. 뒤이어, 이장과 몇몇 동네 어른이 방으로 들어섰다. 총각은 서울대학교를 다니다 휴학 중이며, 민청학련 사건 때 데모하다 경찰에 끌려가 모진 고문을 당했다고 엄마가 소문을 풀어놓았다. 그때 다쳤다는 말을 들었을 때 아까운 놈을 박통이 망쳐 놓았다고 했더마는…… 수돗가에서 그런 일이 있은 게 상호인 줄은 생각도 못 했네. 내가 좀 더 관심을 가졌어야 했는데…… 아버지는 속이 상하는지 줄담배를 피웠다. 그 총각이 아버지 제자인 모양이었다.

영우 엄마! 몸은 좀 어떠신가, 이장이 말했다. 누워 있던 영우 엄마가 할머니를 보자 얼굴을 돌렸다. 나가라며 몇 번이나 손을 내저었다. 할머니가 천천히 입을 열었다.

가가 고향 논두렁에 처박혀 있는 거를 동네 사람들이 발견해서 업고 왔어예. 끌고 간 놈들이 델다 놓았을 끼라꼬 사람들이 말합디다. 오데를 끌려가서 얼매나 고문을 당했는지…… 쳐 죽일 놈들, 그리 건강하고 똑똑한 아를 반 빙신으로 만들어 놓았더라꼬. 똥물도 맥이고 함시로 마이 나샀어. 감옥소서 나온 뒤로 칼을 보모 눈깔이 확 뒤집어 집디더. 날이 궂으모 컴컴한 방구석에서 머리를 거머쥐고 벌벌 떰시로 잘못했습미더 잘못했습미더 살려 주세요, 함시로 손바닥을 싹싹 비는 기라. 누구한테 그라는가 모르지. 그런 증상이 괜찮은가 싶더마는 또 그라네. ……데모하다 잡혀가서 그란 거를 오데 하소연할 데가 있능교. 야를 낫게 할라꼬 별짓을 다 해 봤제. 병원도 다니고 집에서 요양하고 성당에 다님시로 나아졌더마는…… 그래도 사람 해치는 일은 없었데이. 무슨 악귀가 씌었는가 이참에 사고를 칫뿌네.

할머니는 손등으로 흐르는 눈물을 훔쳤다.

영우네. 마음 푸시게, 넓은 마음으로 이해하소. 할머니는 누워 있는 영우 엄마 손을 잡았다. 동네 어른이 어렵게 말을 꺼냈다.

자네 마음도 충분히 이해하네만 이웃 간에 얼굴 붉히고 살아서 되것는가. 자네도 혼자 자식 키우고 사느라 힘든지 아네. 그러니 창창한 젊은이 앞길을 막아서 되것는가. 이웃 간 정리를 봐서라도 좋게 합의하고 끝내시게.

잠시 침묵이 흘렀다.

알겠습미더 어르신. 지가 다 덮으께예. 그라모 됐제예?

영우 엄마가 선선히 말했다. 모여 있던 사람들이 눈을 동그랗게 뜨고 의아한 표정을 지었다. 서로서로 쳐다보며 고개를 끄덕였다.

상호야 들어오니라.

할머니가 부르자 밖에 서 있던 총각이 방으로 들어왔다. 고개를 푹 숙인 총각이 풀죽은 목소리로 말했다.

죄송합니다.

내가 너거 할매하고 동네 어른들 봐서 덮는다.

죄송합니다. 총각이 다시 고개 숙여 사과했다.

아, 됐고, 대신 책임지고 영우 공부 좀 갈차 주라. 그거는 하끼제. 공짜다 알겠나?

영우 엄마가 실쭉 웃었다. 예, 총각이 대답했다. 여기 있는 사람들 모두 들었다이, 영우 엄마가 다짐을 받았다. 총각이 영우 엄마에게 제대로 코가 꿰인 격이었다.


아침부터 아버지는 오만상을 찌푸리며 혼자 짜증을 내었다. 행사마다 학생들을 강제로 동원해야 하겠느냐고 투덜거렸다. 생각해 보니 3·15의거 기념일이다. 나도 행사에 가기 싫은데 아버지는 오죽할까. 나는 시민회관으로 가서 기념식에 참석했다. 식장 앞줄에 앉았다. 영우 엄마가 연단의 귀빈석에 앉아 있었다. 머리는 고데하고 옥색 한복을 입고 노란 호박 노리개를 찬 부인은 아무리 봐도 틀림없는 영우 엄마였다. 영우 엄마가 어떻게, 왜, 귀빈석에 앉아 있을까. 이해가 되지 않아 머릿속이 복잡했다. 식이 진행되고 사회자가 4·19 유공자 포상이 있겠다고 말했다. 호명을 하자 연단에 앉아 있던 사람들이 한 명씩 앞으로 나왔다. 영우 엄마가 앞으로 나와 유공자 포상을 받았다. 국민학교 3학년 때였을까. 아마 6월 25일 전후였을 거라고 기억한다. 선생이 6·25전쟁에 대해 설명했다. 영우가 자리에서 일어나 똑바로 서서 발표했다. 우리 아부지는 6·25 때 백마고지 전투에서 용감히 싸우다 북한군의 포격에 전사했습미더, 두 주먹을 불끈 쥐고 발표한 영우는 평소의 공부 시간과 달리 눈빛이 초롱초롱하고 결연했다. '나는 공산당이 싫어요.'라고 외친 그 소년처럼 장해 보였다. 선생이 영우의 머리를 쓰다듬었다. 반 아이들이 손뼉을 쳤다. 철이 든 후 따져 보니 새빨간 거짓말이었다. 영우는 나와 동갑이고, 6·25전쟁이 끝나고 몇 년 지나서 태어났기 때문이다. 6·25전쟁 때 죽은 영우의 아버지가 살아서 애를 낳을 수 없지 않은가. 그때는 영우의 말을 그대로 믿었다.

영우 엄마가 4·19 유공자라는 것은 몰랐던 사실이다. 그러니까 영우 아버지는 4·19 때 돌아가셨을까. 아무튼 영우 엄마는 평소의 이미지와 달라도 너무 달랐다. 고운 한복을 입고 연단에 앉은 모습이 너븻했다. 곰곰이 생각해 보니 국경일이면 영우네 가게 문에는 태극기가 빠지지 않고 달려 있었다. 어느 해 광복절인가 태극기를 비 맞혔다고 영우 엄마가 영우를 호되게 야단치던 모습이 떠올랐다.

집으로 가는 길에 3·15의거 탑이 보였다. 누군가 빗자루로 청소하고 바께스의 물을 동상에 뿌렸다. 나는 탑 가까이 갔다. 그 총각이었다.

여기서 뭐 합미꺼?

동상 목욕시킨다. 니 교복하고 똑같네. 너거 선배 아이가? 저기 있는 사람은 우리 학교 선배데이.

교모를 쓴 동상을 총각이 가리켰다. 그는 바께스 물을 동상의 다리에 다시 뿌렸다. 나는 탑의 동상을 올려다보았다. 하늘을 향해 주먹 쥔 손과 옷에 비둘기 배설물이 묻었고, 목과 귓바퀴 뒤에는 먼지가 켜켜이 쌓여 있었다. 여기도 물이 필요했다. 총각이 바께스를 들고 근처 몽고정에 물을 길러 갔다. 나는 빗자루를 들고 탑 주위를 쓸었다. 먹이를 찾고 있던 비둘기가 날아갔다.

해
뜨는
집

처음으로 낯선 땅에 발을 디뎠다. 도시였다. 내가 마주한 최초의 도시. 우리 가족이 앞으로 살 곳이었다. 차 기름 냄새가 역겨웠다. 시커먼 기름이 버스터미널 바닥에 묻어 있었다. 시골의 흙바닥이 아닌 콘크리트 바닥이었다. 속이 울렁거려 토가 나오려고 했다. 몇 시간 버스를 타고 오는 동안에도 하지 않던 멀미였다. 버스가 앞뒤를 가로막고 있었다. 약간 긴장이 되었다. 엄마 손을 꽉 잡았다. 엄마 손을 놓치면 안 될 것 같았다. 엄마 등에는 동생이 업혀 있었다. 고모가 손을 내밀었다. 나는 도리질을 쳤다. 넓은 도로를 따라 걸었다. 상가와 높고 큰 건물, 차들이 눈앞에서 획획 지나갔다. 정신이 없었다. 그것들을 쳐다보며 걷느라 걸음이 뒤처졌다. 엄마가 내 손을 잡아끌었다.

시내를 벗어나자 도로가 좁아졌고 차들이 드문드문했다. 세숫대야에 세 줄기의 수증기가 피어오르는 그림이 목욕탕 문 앞에 그려져 있었다. 앞으로는 여기 와서 목욕해야 한다고 엄마가 말했다. 목욕탕 굴뚝의 연기가 하늘로 곧게 올라갔다. 하늘은 맑고 구름 한 점 없는 새

파란 색이었다. 목욕탕 옆, 길에서 호떡 장수가 호떡을 팔고 있었다. 고소한 버터 냄새가 났다. 호떡 굽는 걸 자꾸 쳐다보자 엄마는 모른 척 내 팔을 잡아당겼다. 아이고 되라. 내리서 걸어가자. 엄마는 포대기 띠를 풀고 동생을 등에서 내렸다. 네 살이나 묵은 기 업히가모 되것나. 고모가 쯧쯧 혀를 찼다. 선잠에서 깬 동생은 안아 달라며 두 팔을 엄마 앞으로 내밀었다. 쪼맨만 걸어가자, 저짝에 가다 업어 주꾸마. 동생은 그래도 자꾸 안아 달라고 떼를 썼다. 엄마가 할 수 없이 동생을 다시 업었다. 밥 먹는 손 쪽으로 길을 꺾었다. 길가로 삿갓 모양의 초록색 이층 양옥집 서너 채가 이어져 있었다. 양옥집 높은 담 위에는 유리 조각이 박혀 있고 철조망이 쳐져 있었다. 철조망 너머 향나무 둥근 꼭대기가 어른거렸다. 큰 대문이 굳게 입을 닫고 있었다. 내가 살던 시골에서는 기와집과 초가집뿐이었는데 이렇게 생긴 집은 처음 보았다. 문방구 앞에서 그림 그리는 왼손 쪽으로 방향을 트니 오르막이었다. 나는 숨이 차서 색색거렸다. 다 와 간다, 고모가 말했다. 그 말을 들으니까 힘이 났다. 걷고 걸어서 집에 도착했다. 일곱 살 때였다. 세계의 이동이었다. 시골에서 도시로, 창녕군 창녕읍 교촌리에서 마산시 완월동 50번지로.

잠시 후 트럭 앞자리에서 아버지가 내렸다. 시골집에서 타고 온 이삿짐 트럭은 군용 트럭만큼 컸다. 큰 바퀴가 두 개씩 달렸다. 일꾼이 트럭에서 검은 고무 밧줄로 묶인 짐을 풀었다. 집 안으로 이삿짐을 날랐다. 여기저기서 동네 사람들이 트럭 주위로 모여들었다. 동네 사람들은 이삿짐을 쳐다보며 저희끼리 뭐라고 수군거렸다. 나는 대문 안으로 들어섰다. 저 멀리 시퍼런 물이 눈앞에 펼쳐졌다. 그 물의 끝자

락에 산이 있고, 산 위에 하늘이 있었다. 넓은 물이 하늘과 닮아 보였다. 색깔도 비슷했다. 하늘을 조금 떼어다 놓았을까. 그 넓은 물 안에 작은 산이 들어 있고 바가지 같은 것이 떠 있었다. 금색 종이를 오려서 뿌려 놓은 듯 물에서 반짝반짝 금빛이 났다. 나는 한참 동안 쳐다보았다. 엄마가 바다라고 말했다. 물에 떠 있는 바가지 같은 건 배라고 덧붙였다. 난생처음 보는 것들이었다.

바다, 배, 섬.

섬은 도무지 이해되지 않았다. 산이 어떻게 바다 안에 들어갈 수 있을까, 다리도 없는데. 내가 보아온 산은 땅에 있었는데. 배라는 건 도대체 뭘까? 치마를 펼쳐 놓은 듯한 것이 배에 달려 있었다. 돛, 이라고 엄마가 가르쳐 주었다.

애개, 집이 작았다. 위채에 큰방, 작은방, 마루. 아래채의 오른쪽에 방 하나, 부엌에 딸린 작은 방, 부엌, 장독대, 곳간, 변소가 전부인, 해 뜨는 방향의 ㄱ자 집이었다. 마당도 작았고 마루도 펴 놓은 이불만 했다. 내가 뛰어놀 곳도 동생이 자전거 탈 곳도 없었다. 텃밭도 없었다. 대신 시골집에 없던 화단이 있었다. 텃밭과 화단을 맞바꾼 듯했다. 우물도 없고 대나무가 있는 뒤뜰도 없었다. 아버지는 시골집을 팔고, 논 두 마지기 판돈을 더 보태서 근무하는 학교 근처에 집을 샀다. 시골에 살던 집의 아래채만 한 집이었다. 아무래도 손해 본 것 같았다. 알큰한 시멘트 냄새가 났다. 토담이었던 장독대를 허물고 시멘트 벽돌로 다시 쌓은 거라고 했다. 아버지는 이사 오기 전 집을 개보수 했다. 아직 덜 마른 집에서 회 냄새가 났다. 쓰고 남은 벽돌과 모래가 대문 한쪽에 쌓여 있었다.

나는 오줌이 마려워 변소를 찾았다. 나무로 새로 만든 변소는 크고 튼튼해 마음에 들었다. 변소 옆에 작은 문이 있었다. 뒷문이었다. 문을 열고 빼꼼 내다보니 긴 골목이었다. 이 뒷문에서 금기된, 들키고 싶지 않은 어떤 비밀이 일어날 것 같은 예감이 들었다. 동생이 쪼르르 골목길로 내려갔다. 엄마가 쫓아가 동생을 붙잡은 뒤 달팽이 모양의 쇠고리로 뒷문을 잠갔다.

짐을 부리는 중에 쌀가마니와 나락 가마니를 실은 트럭이 도착했다. 아까보다 더 많은 동네 사람들이 모여들었다. 쌀가마니를 쳐다보는 사람들의 눈이 휘둥그레졌다. 조무래기들이 트럭을 에워쌌다. 와, 이기 다 쌀인갑다. 입을 다물지 못했다. 시골집에서는 흔한 게 쌀이었는데, 쌀을 보고 놀라는 사람들이 도리어 이상했다. 내 어깨가 으쓱했다.

일꾼들이 쌀가마니를 곳간에 쌓았다. 시골집에선 쌀가마니가 다 들어가고도 곳간이 남았는데, 이 집 곳간에는 반도 들어가지 않았다. 일꾼들이 남은 나락 가마니를 트럭에 다시 실었다. 엄마와 아버지는 트럭을 타고 방앗간으로 갔다. 방앗간에 보관하기 위해서였다. 방앗간에 다녀온 아버지는 수건으로 이마를 동여매고 일꾼들에게 짐 놓을 장소를 가르쳐 주었다. 일꾼이 항아리를 장독대에 놓았다. 와장창 소리가 들렸다. 간장독 뚜껑이 깨진 거였다. 엄마가 항아리를 살펴보았다. 아지매, 이참에 좋은 거 하나 새로 사소, 일꾼이 말했다. 엄마와 고모는 부엌살림을 정리했다.

한낮이 지나 가구점에서 가구를 실은 트럭이 도착했다. 엄마는 새 술은 새 포대에 담아야 한다며 새 장롱을 장만했다. 호마이카 장롱에 호마이카 찬장, 캐비넷 장롱이었다. 일꾼 두 사람이 대문을 넘어 호마이카 장롱을 마루에 올려놓았다. 거기까지는 순조로웠다. 호마이카 장롱은 큰 방에 놓을 거였다. 방문이 낮고 작았다. 눕혀, 눕혀, 뒤에 있던 일꾼이 흙 묻은 신발을 신은 채 마루에서 소리쳤다. 장롱 모서리가 방문에 걸렸다. 새로 바른 문종이가 찢어졌다. 마당에 서 있던 아버지가 마루로 올라가 방문을 제쳐서 잡았다. 앞에서 장롱을 잡고 있던 일꾼이 빼라 빼! 방 안에서 소리쳤다. 장롱이 다시 마루로 나왔다. 안 되것소. 문을 떼야것소. 일꾼이 방문을 살폈다. 아이가 문 떼기 힘들것는데. 고마 넣어 봅시다. 일꾼들이 장롱을 빠짝 들었다. 앞에 있는 일꾼이 장롱을 등에 업었다. 뒤쪽의 일꾼이 장롱의 궁둥이를 잡았다. 궁둥이가 밑으로 처졌다. 앞에 있는 일꾼이 더 뽀짝 들어, 말했다. 틀어! 왼쪽으로 더 틀어! 아버지가 두 주먹을 불끈 쥐고 소리쳤다. 아버지 곁에서 지켜보는 내 손에도 힘이 들어갔다. 장롱이 겨우 방으로 들어가다가 귀퉁이가 벽에 걸렸다. 아직 풀이 마르지 않은 새 벽지의 꽃무늬가 찢어졌다. 활짝 피어 있던 꽃잎이 떨어질 찰나였다. 장롱을 세웠다. 호마이카 장롱을 자개장 옆에 두었다. 새 장판이 찢어졌다. 일꾼들 신발의 흙이 새 장판에 묻었다. 엄마가 인상을 구기며 투덜거렸다. 새 거 앉아 보기도 전에 헌 거 되것네. 아지매, 짐 옮기다 보모 찢어질 수도 있지. 그것 갖고 그라요, 일꾼이 되레 화를 냈다. 고모가 얼른 떡 담은 접시를 일꾼들 앞에 내왔다. 한숨 돌리고 하이소.

어렵게 제자리를 잡은 호마이카 장롱은 반짝반짝 빛이 났다. 요즈음은 자개장이 한물가고 호마이카 장롱이 유행이라고 엄마가 말했다. 시골집에서 빛나던 자개장이 죽어 보였다. 앞으로 이리 빛나게 살아야 되긴데, 고모가 호마이카 장롱을 쓰다듬으며 말했다. 엄마는 자개장에 이불을 넣었다. 곁에 있던 동생이 품에 안고 있던 닝닝이를 넣었다. 닝닝이는 엄마가 만든 곰 인형 베개인데 천이 보들보들했다. 놀 때는 동생의 인형이 되고 잘 때는 베개가 되었다. 동생은 닝닝이를 제 동생마냥 애지중지했다. 이사 올 때 엄마가 낡아서 더러우니 버리라고, 더 좋은 새 곰 인형을 사 준다고 말해도 동생은 도리질했다.

아버지 방에는 캐비넷 장롱과 호마이카 찬장을 들였다. 엄마는 호마이카 찬장 앞에 앉아 신문지에 싼 그릇을 꺼내었다. 장미 문양의 고급 찻잔은 찬장의 투명 유리문으로 보이게 진열했다. 책장과 책, 작은 캐비넷 금고는 윗목에 두었다. 살림을 어느 정도 정리한 엄마는 집 안 곳곳에 성수를 뿌렸다. 고모는 팥죽을 쑤어 대문 앞에 뿌렸다. 그리고 엄마는 이웃에 팥떡을 돌렸다.

집에 가아, 동생이 엄마 치맛자락을 잡고 칭얼거렸다. 인자 여가 우리 집이다, 엄마가 동생을 타일렀다. 아니야 우리 집 아니야 집에 가아, 동생이 떼를 썼다. 좋은 날에 와 우노, 고모가 동생을 달랬다. 나도 시골의 우리 집에 가고 싶었다. 이 집은 처음 간 남의 집같이 낯설고 정이 가지 않았다. 싫었다.

시골의 그 집에는 누가 살까. 그 집에 두고 온 것이 많았다. 바둑이도, 소꿉놀이하던 솥도 사금파리 그릇도 놓아두고 왔다. 무엇보다 아쉬운 것은 옆집에 살던 내 단짝 친구 명구와 놀이터인 만옥정을 두고 온 거였다. 어쩔 수 없었다. 명구와 나는 만옥정의 진흥왕순수비 큰 바위 앞에서 술래잡기하곤 했다. 동생이 세발자전거를 타면 나는 뒤에서 밀었다. 진흥왕순수비를 돌고 돌았다. 나는 그때 세상이 돌고 돈다는 걸 어렴풋이 알았다. 창녕이 비사벌 가야에서 신라로 바뀐 것처럼.

이사하는 아침에 명구 엄마가 십 원짜리 지폐를 내 손에 쥐어 주었다. 나는 동네 분들에게 엄마가 시키는 대로 꾸벅 절을 했다. 그 돈을 쥐고 오다가 버스 안에서 엄마에게 맡겼다.

아버지가 문패를 달았다. 아버지 이름이 한문으로 쓰여 있었다. 다행이었다. 어려운 한문은 사람들이 쉽게 읽을 수 없을 테니까. 아버지의 성은 김가고 이름은 발이다. 나는 어른들이 너거 아부지 이름 머꼬? 하고 물으면 대답하기 싫었다. 발예, 기어들어 가는 소리로 말하면, 머시라? 큰 소리로 또 물었다. 발예…… 무슨 그런 이름이 다 있노. 손이 좋것다, 하며 히죽 웃었다. 나는 창피해서 얼굴이 발개졌다. 새로 페인트칠한 하늘색 대문에 나도 내 문패를 달았다. 명구가 나를 못 찾아올까 봐. 빨간 색연필로 내 얼굴을 그렸다. 그림을 보면 명구는 단번에 난 줄 알 테니까. 열심히 문패를 달다가 엄마에게 엉덩이를 맞았다. 와 낙서하노.

해가 지자 집 안이 어둑했다. 아버지가 마루의 형광등을 켰다. 대문간에도 부엌에도 온 집 안에 불을 밝혔다. 밝아서 참 좋았다. 아버지는 어두운 걸 싫어했다. 컴컴한 데서 고문과 취조를 받고, 오랫동안 어두운 감옥에 있어서 그런다고 예전에 엄마가 말했다. 잘 때도 불을 켜 놓았다. 아버지는 교원 노조로 5·16 때 투옥되어 3년간 옥고를 치렀다. 박정희가 빨갱이로 몰아붙이고, 교육공무원 신분을 박탈했다. 출옥 후 교사 자격증을 뺏겼음에도 신부님 주선으로 마산의 S 여자 중·고등학교로 전근했다. 아버지는 새 학교에 혼신을 다 바쳐 일했다.

나는 유치원에 입학했다. 아침이면 대문간에서 수녀님이 모니카, 모니카, 내 세례명을 두 번 불렀다. 원복을 입은 나는 집 안으로 들어선 수녀님께 인사했다. 수녀님이 동생 손을 잡았다. 유치원에 따라가기 위해 동생도 깨끗한 옷으로 갈아입었다. 아침에 엄마가 비누로 세수를 시키면서 비눗물이 눈에 들어가도 동생은 울지 않았다. 토요일은 동생도 가끔 유치원에 갔다. 유치원 측의 배려였다. 동생과 나는 수녀님의 양손을 잡고 오 분 정도 걸어 성당에 도착했다. 유치원이 먼데 있어서 성당 앞에서 주교님 지프를 타고 가거나 간혹 시내버스를 타고 갔다.

동네에 같은 유치원을 다니는 친구가 두 명 더 있었다. 나는 새로 사귄 친구들과 함께 놀았다. 새 친구들은 옷차림이 깨끗했다. 명구처럼 콧물을 옷소매에 쓱 닦거나 누런 콧물을 빨아 먹지 않고 손수건이나 휴지에 코를 닦았다.

나는 유치원 놀이터에서 그네를 타기 위해 차례를 기다렸다. 그네가 네 개밖에 없었다. 도시에서는 줄을 서서 차례를 기다려야 한다는 걸 배웠다. 시골에서는 차례를 기다릴 필요도 없이 그냥 하면 되었는데. 드디어 내 차례가 되었다. 나는 그네 쇠줄을 꼭 잡고 발을 힘차게 굴렀다. 몇 번을 힘차게 구르자 플라타너스 나뭇잎에 그네가 닿을락 말락 했다. 친구들이 밑에서 와아, 함성을 지르고 손뼉을 쳤다. 나는 약간 무섭고 아슬아슬하지만 그래도 신이 나서 더 높이 더 멀리 날아올랐다. 수녀님이 쫓아와서 위험하다고 말렸다.

어느 날, 차례를 기다리던 동생이 그네에서 내리는 친구의 팔을 갑자기 꽉 물었다. 친구 팔에 이빨 자국 네 개가 선명하게 돋았다. 친구가 큰 소리로 울었다. 병원에 가야것다. 물라하모 다시는 오지 마라, 친구 엄마가 야단을 쳤다. 나는 동생 때문에 놀지도 못하고 놀이터를 떠났다. 동생은 뭘 잘못했는지도 모르고, 미안한 것도 없이, 아무렇지도 않은 표정으로 당당히 내 뒤를 졸졸 따라 나왔다. 동생은 놀다 제 마음에 들지 않으면 내 친구의 팔을 물곤 했다. 그럴 때 나는 입장이 진짜 난처했다. 친구 편도 동생 편도 들 수 없었다. 내 동생이 아니었으면 좋겠다는 생각도 들었다.

하지만 그때뿐 동생이 언니, 라고 부르는 소리에 마음이 솜사탕처럼 녹았다. 내가 밖에 나가려고 하면 동생은 어느새 눈치를 채고 따라 나섰다. 나를 놓칠까 봐 신발을 미처 다 꿰어 신지도 않고, 언니야 같이 가, 언니야 같이 가, 라고 졸랐다. 그 조그만 입으로, 혀 짧은 소리로, 언니라고 부르면 나는 다 커서 어른이 된 듯 우쭐했다.

어느 날, 유치원을 파하고 주교님 지프를 탔다. 성당 성모상 앞에서 내렸다. 나는 오줌이 마려워 변소에 가기 위해 먼저 차에서 내렸다. 변소에 갔다 오니까 지프가 동생과 수녀님을 태우고 막 출발하는 중이었다. 지프의 꽁무니에서 시커먼 연기가 뿜어져 나왔다. 지프가 후진하다 동생을 치었다고 했다. 동생은 그 자리에 픽 쓰러졌다. 운전기사가 차 뒤에 있던 동생을 미처 발견하지 못한 것이었다. 동생은 깨어나지 못하고 병원에서 죽었다.

그 뒤 운전기사는 그만두었다. 수녀님이 카스텔라 빵을 가지고 우리 집을 방문했다. 방 아랫목에 앉은 수녀님이 엄마 손을 잡았다. 엄마는 두 손을 잡힌 채 고개를 숙이고 눈물을 흘렸다. 방바닥에 눈물이 뚝뚝 떨어졌다. 수녀님이 손을 놓아줘야 눈물을 닦을 것인데…… 안타까웠다. 주교님이 주님의 뜻이라면서 아버지를 위로하며 강복을 주시더라고, 운전기사를 용서하라고 말했단다. 주님은 왜 그런 뜻을 가졌을까? 동생은 아무 잘못이 없는데…… 단지 유치원에 따라갔을 뿐인데. 아버지 입장이 난처할 것 같았다. 더하기 빼기라면 간단한데 죽음은 계산이 아니니까 용서할 수도 안 할 수도 없을 것 같았다. 나는 며칠 집에서 쉬고 다시 유치원에 갔다. 그네 타기도 시시했다. 수녀님 손을 잡기가 싫었다. 그전에는 친구들과 서로 수녀님 손을 잡으려고 애를 썼는데…… 수녀님과 눈을 맞추지 않았다.

아직 발음이 어눌한 네 살배기 동생이 세상에서 호칭을 부를 수 있는 사람은 엄마, 아버지, 그다음 언니였다. 언니야, 언니야, 동생을 잃고 나는 그 말이 너무 듣고 싶었다. 한 번만 더 들을 수 있다면…… 나는 동생이 말하는 흉내를 내보았다. 그러나 내가 나를 언니라고 하니 느낌이 이상했다. 바보 같았다. 동생의 빈자리가 자꾸 커졌다. 이 동네가 싫었다.

사고 나기 전날, 동생과 소꿉놀이했다. 동생이 아버지 역할하고 나는 엄마 했다. 내가 화단의 흙을 담아 밥을 차리고 꽃잎으로 반찬을 만들었다. 동생이 밥 먹는 시늉을 했다. 그러다가 동생이 엄마 역할 한다며 반찬 만드는 그릇을 가져가 뒤로 감추었다. 내가 빼앗으려다 동생 얼굴을 손톱으로 할퀴었다. 눈 밑에 피딱지가 앉았다. 흥 지겠다, 엄마가 나무랐다. 나 때문에 흉을 지고 갔구나.

나는 종종 동생 꿈을 꾸었다. 꿈속에서 동생은 자전거를 타다가 낭떠러지로 떨어지거나 미끄럼틀에서 떨어지거나 높은 데서 떨어졌다. 나는 놀라 소리를 지르며 잠꼬대했다. 깨어서 일어나면 오줌이 이불에 젖어 축축했다. 키 크려고 그런 거라고, 엄마는 나를 다독였다. 다른 사람에게는 아가 얼매나 놀랬으모 그라겟노, 라고 걱정했다. 엄마가 한약을 달여서 먹여 주었다. 약발이 받았는지 더 이상 자다가 이불에 오줌을 싸지 않았다. 어느 날부터 동생이 꿈에 나타나지 않았고, 그 후 동생을 만날 수 없었다. 엄마는 동생을 위해 매일 묵주기도를 바쳤다.

여보, 성당 안 가모 안 됩미꺼?
그럴수록 우리가 신심이 돈독하다는 걸 보여 줘야지.
내사 성당 가는 기 지옥으로 끌려가는 거 같습미더.
미사 시간 늦겠소. 얼른 갑시다.
엄마는 성당에서 신자들이 자꾸 쳐다보며 쑤군거리는 것 같다고, 위로하는 소리가 듣기 싫다고, 겉으로는 위로하는 척하지만 어떻게 위기를 넘기는지 궁금해서 괜찮으냐고 물어보는 것 같다고, 어린 자식을 앞세운 부모가 어떻게 영성체를 할 수 있는지 손가락질하는 것 같다고 했다.
사람들이 억장이 무너진다고 하더마는 그 말을 들을 때는 그런갑다 싶었어예. 막상 내가 당해 보니 이런 심정이었는 갑습미더.
그러니까 사람들은 잘 알지도 못하면서 이해한다고 말하면 안 되는 모양이었다. 당해 보지도 않고, 그 입장도 아니면서 말이다.
아버지는 마당에 서서 손목시계를 보았다.
성당에 억지로 다녀온 엄마는 이불을 뒤집어쓰고 울었다. 아버지가 수갑을 차고 끌려갈 때도, 감옥에 있는 아버지를 면회할 때도 눈물을 보이지 않던 엄마였다.
감옥으로 아버지를 면회하러 갔을 때였다. 엄마는 손수 바느질한 아버지의 솜저고리와 솜바지, 성경책과 묵주를 차입했다. 아버지는 감옥에서 신·구약 성경 73권을 필사하며 도를 닦았다. 하도 도를 열심히 닦아서 아버지가 도교로 개종하는 게 아닌가 엄마는 걱정했다.

집은 우짜노?

아버지가 칸막이 너머에서 물었다.

걱정 말고 당신하고 싶은 대로 실컨 하이소. 안 되모 논이라도 팔모 되고. 까짓 꺼, 니가 이기나 내가 이기나 죽기 살기로 한판 붙어 보소.

엄마는 호탕하게 큰소리쳤다.

엄마가 나를 안아 올려서 아버지께 보여 드렸다.

야가 당신 닮아 깡다구가 보통 아입미더. 한번 울모 안 그친다 하이. 완전 꼴통이라예.

엄마는 아버지를 웃게 했다.

교도소 문을 나왔다.

니 절대 선생하모 안 된다. 알았제. 모난 돌이 정 맞는다. 절대 너거 아부지맨치로 앞에 나서지 마라. 알았나!

다부지게 말하는 엄마의 눈빛이 매서웠다.

어,

나는 대답했다. 선생은 창피한 거구나, 라는 생각이 들었다.

교도소 붉은 벽돌담이 점점 멀어져 갔다. 엄마는 아버지가 곁에 없어도 혼자 자식을 키우고 집안을 일구며 꿋꿋이 견뎠다.

그런데 동생을 잃고 엄마는 집안일에 손을 놓은 듯했다. 화단에 물을 주지 않아 화초가 시들었다. 마루에는 먼지가 부옇게 앉았다. 방안에는 머리카락이 굴러다녔다. 설거지통에는 내팽개쳐 둔 밥그릇에

밥풀이 말라붙어 있고, 냄비의 김치찌개에는 곰팡이가 피었다. 빨래가 아기 무덤처럼 쌓였다. 수북이 쌓인 빨래에서 악취가 났다. 신학기라 아버지는 학교 일이 바빴다. 구겨지고 깃에 때 앉은 와이셔츠를 며칠째 입고 다니거나, 아침도 못 얻어먹고 출근하는 날이 많았다. 엄마와 아버지는 나를 신경 쓸 여력이 없어 보였다.

그때, 바다가 나를 키웠다.

나는 저 멀리 눈앞에 펼쳐진 바다를 보면서 컸다. 바다는 끝없이 뭔가를 생각하게 했다. 저 배는 어디로 갈까. 유치원에서 수녀님이 배에서 어부가 그물로 물고기를 잡는다고 가르쳐 주었다. 그런데 배 안에 어부가 왜 안 보이지? 물고기를 잡는 게 왜 보이지 않을까. 눈에 보이지 않는 천사들이 배에서 고기를 잡을까. 배가 저절로 고기를 잡을까. 바다는 수녀님이 들려주는 아라비안나이트처럼 끊임없이 이야기를 들려줬다. 갈치가 우리 집으로 찾아오는 이야기. 고래를 닮은 저기 저 섬은 진짜 고래가 아닐까. 모두가 잠든 캄캄한 밤이면 섬이 고래로 변할까. 고래가 배를 삼키지 않을까. 고래 배에 들어간 꽁치와 오징어와 새우는 어떻게 되었을까. 배 속에 숨어 있다가 고래가 입을 벌릴 때 쏜살같이 빠져나오면 되겠다는 생각. 부모는 나에게 관심이 없으니 고래 배 속에 들어가 숨어 버릴까. 고래 배 속은 넓고 따뜻해서 숨어 있기에 참 좋겠다는 생각이 들었다.

바다는 자주 옷을 갈아입었다. 해가 뜰 때는 금빛 옷을 입었고, 바람 불고 추운 날은 시퍼런 옷을 입었다가 변덕이 나면 금세 시커먼 옷으로 갈아입었다. 간혹 하늘과 바다가 맞붙어 있는 것처럼 보였다. 똑같이 파래서 바다인지 하늘인지 헷갈리기도 했다. 마루에 걸터앉아 바다를 바라보고 있으면 아무리 오랜 시간 혼자 있어도 심심하지 않았다.

바다에서 달이 떠오르고 있었다. 아버지가 시험지 뭉치를 들고 왔다. 밤늦도록 채점을 하는지 붉은 색연필 움직이는 소리가 사각사각 들렸다. 아침에 일어난 아버지는 구토하더니 머리가 어지럽다고 했다. 엄마가 방문을 열어 환기를 시켰다. 이웃집에서 동치미 국물을 얻어와 아버지께 드렸다. 시골에서 장작을 때던 엄마가 연탄에 익숙하지 않아 늦은 밤에 덜 마른 연탄을 갈아 넣은 거였다. 엄마는 시내에 있는 약국에 가서 약을 사 왔다. 사람 잡것다. 살림을 하나 안 하나! 아버지가 역정을 냈다. 엄마 코가 납작해졌다. 어쩌면 동생을 잃고 우리 식구는 연탄가스를 마신 것 같은 생활을 했는지 모른다. 빙글빙글 돌고 비틀거리는.

엄마의 일탈이 이어졌다.

유치원 가지 말고 영화 보러 가자.

조조 상영 영화를 관람하기 위해 엄마는 아버지가 출근한 뒤 나를 꼬드겼다. 엄마는 벌써 외출복으로 쫙 빼입었다. 나는 원복을 벗고 레이스가 달린 치마로 갈아입었다. 엄마를 빛나게 할 들러리가 되려면 어쩔 수 없었다. 엄마 손을 잡고 걸어서 창동 시민극장에 갔다. 엄마는 근래 영화관에 출근 도장을 찍었다. 영화관은 엄마가 돈을 갖다 바치는 직장 같았다.

다른 아지매랑 가모 안 돼?

영화관 앞에서 나는 엄마 마음을 슬쩍 떠봤다. 내 몸값을 올리기 위해.

그러니까 엄마의 꿍꿍이는 예전에 봤던 영화 〈사랑방 손님과 어머니〉에 나오는 옥희처럼 내게 다리 역할을 하라는 거였다. 중매쟁이를 하려고 해도 엄마에게 수작 부리는 건달은 눈 닦고 봐도 없었다. 엄마는 영화를 실제로 착각하는 게 아닐까.

　엄마는 서부극 마니아였다. 클린트 이스트우드가 나오는 영화는 죄다 섭렵했다. 〈쟝고〉, 〈내일을 향해 쏴라〉, 〈콰이강의 다리〉, 〈황야의 무법자〉 주제곡인 「방랑의 휘파람」을 특히 좋아했다. 나는 그때 휘파람 소리가 얼마나 듣기 좋은 음악인지 알았다. 먼먼 옛날에는 휘파람을 언어로 사용했던 사람들이 있었을지 모른다는 생각이 들었다.

　영화 관람 후, 어시장에 들렀다. 내가 엄마를 따라가는 이유는 사실, 어시장에 가고 싶기 때문이었다. 선창가 부두에는 배가 정박해 있었다. 갈매기들이 돛대를 점령하고 앉아서 경매할 생선을 노리고 있었다. 엄마는 내 손을 꼭 잡고 공판장으로 들어섰다. 공판장에는 나무 상자에 든 생선을 경매하고 있었다. 야구모자를 쓴 아저씨가 뭐라고 중얼중얼거리며 손가락을 자꾸 움직였다. 나는 그 말을 알아들을 수 없었다. 저 갈치 낙찰되었다고 엄마가 손가락을 가리켰다. 아나고가 꼬리를 틀며 나무 상자 밖으로 튀어나와 바닥에서 팔딱거렸다. 나는 그것들을 쳐다보느라 눈알이 휙휙 돌아갔다. 물고기 이름을 물어보기에도 바빴다. 비릿한 냄새가 진동하고 바닥이 질척거리는 공판장을 빠져나왔다.

　어시장에 가면 꼭 들르는 데가 있었다. 나는 좌판 앞에 쪼그려 앉았다. 빨간 고무 다라이 안에 낙지가 움직이는 걸 쳐다보았다. 단골 아지매가 가는 다리를 하나 떼어서 내 입에 넣어 주었다. 나는 꿈틀거리는 낙지 다리를 오물거리며 씹어 먹었다. 엄마는 해삼 한 바구니를 샀다. 한 마리 더 주소, 엄마가 다라이에 담긴 해삼을 얼른 집어 시장 바구니에 넣었다. 안 된다, 마이 주꼬마는, 아지매는 그렇게 말하면서 엄마가 집어 가는 걸 쳐다보고만 있었다. 아지매는 중간 크기의 해삼 두 개를 썰어 이가 빠진 접시에 담아 초장과 내밀었다. 엄마는 해삼 을 초장에 찍어 내 입에 넣어 주었다. 나는 엄마 눈을 응시했다. 엄마 는 눈으로 내가 무슨 말 하는 줄 알고, 하—참, 그것도 주소, 라고 말했 다. 아지매가 소주를 잔에 따라서 건넸다. 딱 한 잔이다이, 엄마가 나 를 보며 다짐을 주었다. 엄마가 먼저 마시고 반쯤 남겼다가 나를 주었 다. 야가 해삼 맛을 지대로 아네, 아지매가 해죽 웃었다. 이 맛에 엄마 를 따라다녔다. 나는 일찍 술맛을 알았다. 아버지가 술잔에 남긴 술을 호기심으로 마셔 보곤 했다. 젓갈 파는 가게에 들러 아버지가 좋아하 는 해삼창자젓을 샀다. 어시장은 나에게 신비롭고 박진감 넘치는 생 생한 다큐멘터리 영화였다.

우리는 아버지가 퇴근하기 전 얼른 집으로 향했다. 니 아부지한테 말하모 절대 안 된다, 알았제. 그쯤은 나도 알았다. 나는 고개를 끄덕 였다. 문방구 앞이었다. 엄마의 비밀을 지켜 주는 대신 나도 요구할 게 있었다. 엄마, 나 저 총. 가시나가 뭔 총이고, 인형 해라. 초용, 총 할래. 알았다. 엄마는 내 고집에 혀를 찼다. 지갑에서 돈을 꺼냈다. 어 른들은 참 이상했다. 왜 장난감에 여자 남자를 따지며 구별하는지. 엄 마는 집에 오자마자 뾰족구두를 벗어서 신문지로 싼 후 농 서랍에 감 추었다. 얼른 화장을 지운 뒤 외출복을 벗고 종일 문밖에도 나가지 않 은 것처럼 집에서 입는 월남치마로 갈아입었다. 엄마는 재빨리 저녁을 준비했다. 아버지를 속이는 엄마의 연기 또한 일품이었다.

　엄마가 양장점에서 새로 맞춘 투피스를 입었던 날이었다. 아버지가 웬일로 술도 마시지 않고 모처럼 일찍 퇴근했다. 당신, 멋있네. 그 옷 새로 샀소? 엄마의 외모에 관심을 보이며 물었다. 작년에도, 그 작년에도 입던 거요. 옷이 없어서 걸치고 나갈 게 없다고, 언제 당신이 옷 한번 사준 적 있냐고 엄마는 벌컥 화를 내었다. 거짓이 탄로 날까 봐 일부러 화를 내는 듯했다. 아버지는 평소대로 하면 될 텐데, 괜히 관심을 보이며 어설픈 애정을 표현하려다 오히려 무안을 당했다. 엄마는 신문의 한문도 띄엄띄엄 읽고, 우리나라가 수출 목표를 얼마나 달성했는지도 모르고, 박정희가 계엄을 선포하든 말든 세상일에 무심한데도 국내에서 세 손가락 안에 드는 명문 K 대학교 법대를 졸업한 아버지를 '둘러 먹는' 데는 귀재였다.

　엄마는 치장할 돈이 떨어지면 아버지 몰래 동네 사람들에게 쌀을 시세보다 싼 가격에 야금야금 팔았다. 동네 사람들은 아버지 없는 시간에 빈 쌀자루를 들고 뒷문으로 들어왔다. 불룩한 쌀자루를 어깨에 메거나 머리에 이고 뒷문으로 빠져나갔다. 쌀은 엄마가 용돈을 마련하기 좋은 구실이었다. 집안일에 무심한 아버지는 곳간의 쌀이 축나는지도 몰랐다.

　아버지는 그날도 만취해 귀가했다. 아버지가 대문으로 들어서자 뒤이어 통금 사이렌이 울렸다. 이미 고주망태가 된 아버지는 집에서 또 술을 찾았다. 술 가 온나, 혀 꼬부라진 소리가 들렸다. 나는 자다가 그 소리에 깼다. 엄마는 아버지가 반복되는 잔소리로 주정을 하거나 말거나 술상 옆에서 모로 틀어 자고 있었다. 낼 출근 안 할라요. 인자

고마 자소, 엄마가 잠결에 눈을 뜨고 말했다. 그냥 잘 수 있나. 가 온나. 조금 전 엄마가 매실주 한 주전자를 퍼 왔었다. 아버지는 그새 주전자를 다 비우고 또 술을 찾았다. 엄마가 부스스 일어났다. 장독대로 가서 매실주를 주전자에 담고, 부엌에서 안주를 차려 왔다. 아버지가 도를 닦은 게 아니라, 아버지의 잔소리에 잠자다 일어나 술을 가지러 가는 엄마가 도를 닦은 게 아닐까.

내가 엄마라면 잔소리로 날밤을 지새우려는 게 징글징글해서 니 죽고 내 살자 식으로 아버지와 한판 붙든지, 술상을 확 엎어 버리든지 할 텐데, 엄마는 군소리 없이 아버지의 뜻을 다 받아 주었다. 아버지의 술주정에서 벗어나는 엄마의 탈출구는 영화가 아닐까. 영화 장면을 생각하면서, 주인공을 생각하면서, 클린트 이스트우드가 총 쏘는 장면을 생각하면서 엄마는 아버지를 향해 팡, 팡, 팡, 한 방씩 날리는 상상을 하는지도 몰랐다.

내 기억에 시골에서 아버지는 술주정하지 않았다. 도시로 이사 오고 동생을 잃은 후부터였다. 그게 아니라 감옥에서 나온 뒤부터, 라고 엄마는 말했다. 누구의 기억이 정확한지는 모르겠다. 아무튼 술자리일지라도, 다른 사람 앞에서 현 정권을 비방하고 원한 맺힌 '밥통'을 욕했다가는 쥐도 새도 모르게 끌려갈 것이고, 교장과 이사장을 욕했다가는 동료가 고자질할 게 뻔했다. 아버지는 밖에서 할 수 없는 말을, 전쟁 때문에 법관의 뜻을 이루지 못한 한을, 술의 힘을 빌려 가족에게 토했다. 당하는 우리는? 다음 날 아침, 술이 깬 아버지는 언제 그랬느냐는 듯 안면을 싹 바꾸고 맑은 정신으로 학교에 갔다. 저 양반도 불쌍타, 출근하는 아버지의 뒷모습을 보고 엄마는 혼잣말했다.

5교시 수업이 없는지 아버지가 점심을 먹으러 집에 왔다. 우리 집은 학교 뒷담 사이 도로 건너에 있었다. 열어 놓은 학교 복도 창으로 교실에서 영어책 읽는 소리, 시청각실에서 노래 부르는 소리, 쉬는 시간을 알리는 벨 소리, 학생들이 와자지껄 떠드는 소리, 당번이 벽에 분필 지우개 터는 소리, 교실에서 아버지가 수업하는 소리가 들려왔다. 봄볕이 따뜻하다며 엄마가 마루에 상을 차렸다. 고등어조림에 상추쌈이었다. 엄마는 끼니마다 죽은 동생의 밥을 퍼서 따뜻한 부뚜막에 두었다. 고등어는 동생이 좋아하는 거였다. 나는 동생의 수저를 상에 올려놓았다. 학교 스피커에서 노래가 흘러나왔다. 종종 듣는 곡이었다. 나는 몇 소절을 흥얼거렸다.

하도 들으니 야가 따라 부르네, 지금 나오는 저 곡이 무슨 곡이요?

엄마가 아버지께 물었다.

루치아노 파파로티가 부르는 남몰래 흘리는 눈물 아이가.

나는 애절한 그 곡을 들으면 동생이 생각났다. 동생과 놀 때도 그 곡을 종종 들었으니까. 하필 그때 엄마가 고등어조림을 상추에 싸서 입에 넣어 주었다. 목이 메어 기침이 나왔다. 엄마가 내 등을 두드리고 물을 주었다. 그랬다. 우리 가족은 서로 몰래 눈물을 흘리고 있는지 몰랐다. 엄마는 영화를 보면서, 나는 바다를 바라보면서, 아버지는 술을 마시면서.

나는 점심을 먹은 후 아버지 책상에서 미술 숙제로 우리 가족을 그렸다.


내 책상이 들어오는 날이다.

이 달에는 아버지가 보너스를 받으니까 그 돈으로 사는 거였다. 아버지는 책상만 사라고 했다. 엄마는 이왕 사는 김에 책장과 옷장, 세트로 사야 때깔이 나는 거라고 밀어붙였다. 나는 아홉 살이 되었다. 이학년이지만 아직 책상이 없어 방바닥에 엎드려 숙제하곤 했다. 하루는, 국민교육헌장 받아쓰기 열 문제에서 다섯 개를 틀린 적이 있었다.

야가 공부를 몬 하는 기 책상이 없어서 그란 기라. 책상 하나 사 줍시더.

엄마가 퇴근하는 아버지를 붙잡고 말했다.

예전에 나는 호롱불 밑에서도 공부하고 잉크가 언 냉방에서도 공부만 잘했다. …… 형설지공도 모르나? 서툰 목수가 연장 탓 하니라.

그라모 학교에서는 학생들이 맨바닥에 엎드려서 공부하요?

아버지는 말문이 막혀 더 이상 말하지 못했다. 검사가 되고 변호사가 될 뻔한 아버지가 말로써 엄마를 이기는 경우를 나는 단 한 번도 본 적이 없었다.

그날 저녁, 엄마는 아버지가 좋아하는 소고기 육회를 정성껏 만들었다. 아버지에게 반주를 한 잔 따르고 말했다. 딸은 이쁘고 귀하게 키워야 되예. 그래야 시집가서도 대우를 받지. 아버지는 술에 마음이 풀어져 허허 웃었다.

도시에 어울리게 엄마는 살림살이를 바꿨다. 시골에서는 햇볕에 타서 얼굴이 까무잡잡했으나 도시에서는 햇볕에 나다닐 일이 별로 없어서인지 얼굴이 희었다. 손톱을 길게 다듬고 매니큐어를 발랐다. 깍쟁이처럼 도시 아줌마 티가 났다.

장롱을 정리한다며 엄마는 방바닥에 이불을 꺼내어 놓았다. 무거운 솜이불은 버려야겠다고 부엌방에 보자기를 가지러 갔다. 나는 엄마가 마저 꺼내지 못한 베개를 꺼냈다. 헌 이불 사이에 닝닝이가 보였다. 이게 여기 있었네, 엄마도 미처 발견하지 못한 모양이었다. 엄마가 닝닝이를 보고 동생이 생각나서 울까 봐 나는 얼른 이불 속에 감췄다. 큰 보자기를 가져온 엄마 얼굴에 눈물 자국이 남아 있었다. 나는 모른 척했다. 엄마 가슴에 먼지가 약간 묻은 색 바랜 종이꽃이 꽂혀 있었다. 이기 서랍 밑에 있었네. 그날의 기억이 떠올랐다. 어머니날이었다. 유치원에서 색종이로 카네이션을 만들었다. 수녀님이 집에 가서 엄마 가슴에 달아 드리라고 말했다. 내가 카네이션을 달아 드리려고 하자 동생이 한다며 서로 옥신각신했다. 그러다 꽃이 찢어졌다. 엄마는 카네이션을 달지 못했다. 나는 그 카네이션을 잊고 있었다. 엄마는 보자기에 헌 이불을 싸며 말했다.

여보, 우리 그때 창녕서 이리 안 오고 서울로 갔으모 우쨌을까.

알 수 없제.

서울서 학원 선생을 해도 지금보다는 나았것다. 돈도 많이 벌고.

사람 일을 우째 알겠노.

당신, 사법시험도 몬 치 보고.

전쟁만 안 났으면…….

엄마와 아버지는 회한에 젖어 말했다.

내가 태어나고 동생이 태어난 그 집. 만옥정이 있는 동네. 약국 옆집. 명구는 아직 거기 살까. 회벽에 명구와 했던 낙서는 아직 있을까. 이사 온 후에 한 번도 찾아가지 않았다. 닝닝이와 그 집을 찾아가 봐야겠다. 나와 동생의 태를 묻었던 곳. 집 뒤꼍 대밭에서 닝닝이를 태워야겠다고 생각했다. 그러면 닝닝이가 진짜 곰으로 다시 태어나지 않을까.

책상 오데 넣으끼요! 대문간에서 일꾼이 소리쳤다. 벌써 책상이 도착한 모양이었다. 이리 들어오소 이리, 엄마가 마루에 서서 손짓했다. 아버지가 신발을 신었다. 책상을 어깨에 메고 대문을 넘는 일꾼에게 부엌방을 가리켰다. 저 방에다 넣을 거요. 인자 이기 니 방이다, 아버지가 내 머리를 쓰다듬으며 말했다. 나는 신이 났다. 휘파람을 불며 온 집 안을 뛰어다녔다.

엄마는 집 안 곳곳을 쓸고 닦았다. 부엌살림도 다시 정리했다. 시커멓게 그을린 냄비도 닦아서 삐까번쩍하게 만들었다. 아무렇게나 처박아 두었던 옷들도 계절별로 분리해서 넣었다. 이불도 빨았다. 화단의 시든 나무에 물도 주었다. 동생을 돌보듯이 이제 화단을 가꾸기 시작했다. 영산홍과 목련을 사다 심었다. 백일홍, 달리아, 수국, 채송화도 심었다. 주말에는 아버지도 힘을 보탰다. 화단 앞에 청포도 나무를 심었다. 포도나무의 큰 잎이 내리쬐는 햇볕을 가려 그늘을 만들었다. 청포도 나무 아래 평상을 놓았다. 우리는 평상에서 밥을 먹었다.

# 그곳은 이미 지금

임정균_ 문학평론가

성보경이 내놓은 두 번째 소설집은 첫 소설집에 실린 「유도화가 핀 여름」, 「국민교육헌장」과 더불어 1970년대 마산시 완월동을 배경으로 한 연작 소설이다. 그 가운데 시간 순서상 가장 앞에 놓일 「해 뜨는 집」은 이렇게 시작한다. "처음으로 낯선 땅에 발을 디뎠다. 도시였다."(161쪽) 낯설고 정신없는 마산 시내의 풍경은 일곱 살 소녀의 손에 땀을 쥐게 한다. 엄마 손에 이끌려 목욕탕과 호떡 장수를 지나 비슷한 모양의 양옥집 여러 채가 이어진 골목을 거쳐 문방구 옆 오르막을 오르고도 한참을 걸어 새집에 도착한 순영에게 이사 길은 더없이 멀게만 느껴진다. 마산 시내라 할 수 있는 창동에서 완월동까지라고 해 봐야 고작 2km 남짓인 것을 생각하면 실제 거리 탓이 아니다. 낯선 장소인 까닭이기도 하겠지만, 작고 여린 일곱 살의 몸으로는 세계를 횡단하는 느낌이었을 것이다. 그날 오후 새로 장만한 호마이카 장롱을 옮기는 와중에 새 벽지와 장판이 찢어진다.

이사 경험이야 누구에게나 있기 마련이지만, 낯설지 않은 장면이다. 익숙함의 정체는 1970~1980년대 한국 문학사의 굵직한 좌표를 점하고 있는 몇몇 소설이다. 이를테면 이런 장면. 이삿짐을 옮기는 도중 장롱 한 귀퉁이가 문틀에 부딪혀 뜯겨나간다. 여러 차례 옮겨 다닌 횟수를 기록해 놓은 듯한 장롱의 생채기는 이제 대수롭지 않다. 양귀자의 원미동 연작 중 「멀고 아름다운 동네」의 도입부다. 세간과 함께 트럭 짐칸에 올라탄 가족이 서울 서남쪽에 면한 부천으로 향하는 길은 멀기만 하다. 살을 에는 겨울바람 탓도 있겠지만, 넓은 서울 땅에 터를 잡지 못하고 떠나야만 하는 처지 때문일 것이다.

두 장면의 유사성 때문인지 낯익은 원미동 풍경은 완월동으로 진입하기 위한 좋은 우회로처럼 보인다. 하지만 자세히 살펴보면 두 이사 길은 정반대의 행로다. 하나는 시골에서 도시로, 다른 하나는 대도시에서 변두리로. 서울 인구는 산업화가 시작된 1960년대부터 급속히 팽창해 원미동 연작의 배경인 1980년대 중후반에 이르면 이미 지금 수준인 천만에 근접했다. 집을 장만하지 못한 이들은 나름의 희망을 찾아 부천과 같은 주변 도시로 거처를 옮겼다. "출발과 마멸이 같이 하고 있는 낯선 도시"(양귀자, 『원미동 사람들』, 살림, 2011, 21쪽)로 요약되는 역설적인 도시상은 비단 부천뿐만 아니라 전국에서 벌어지는 현상이었고, 원미동은 1980년대 사회의 구조적 모순과 명암을 상징적으로 재현하는 대표적인 표상이 된다. 그렇다면 완월동 연작을 그보다 앞선 시기 산업화와 도시화가 본격적으로 시작되던 1970년대 초반의 풍속도로 이해해도 좋을까.

지금이야 창원시에 통합되었으나 마산은 1970년 수출자유지역으로 지정되며 한때 부산, 대구, 인천을 제외하고는 가장 큰 지방 도시

중 하나였다. 뒤로는 무학산이 버티고 있고 합포만의 바다가 내다보이는 완월동은 성장하는 도시와 쇠락하는 시골의 점이지대인 셈이다. 그러므로 창녕에서 나고 마산에서 자란 순영의 시선을 통해 그곳 사람들의 하루하루를 담고 있는 이 연작을 다단한 근대화·산업화·도시화 과정에서 소외된 계층의 역사적 단면을 보여준다고 해도 큰 무리가 없을 것이다.

잘 알려진 대로 그러한 단면은 이문구의 『우리 동네』, 조세희의 『난장이가 쏘아올린 작은 공』, 윤흥길의 『아홉 켤레의 구두로 남은 사내』 등과 같은 소설이 이미 성취한 1970년대 한국 문학의 성과이기도 하다. 그런 점에서는 이 소설들 역시 또 다른 우회로처럼 보이기도 하는데, 문학사가 선취한 당시의 도시상을 지금에 와서 다시금 재현하려는 시도는 어떤 면에서는 불필요한 일인지도 모르고, 자칫 작가에게 위험한 일이 될 수도 있다. 하지만 과거는 고정된 실체가 아니라 현재를 기준으로 재해석되고 다시금 맥락화를 거쳐 새로운 의미를 띠기 마련이다. 소설이 재현의 측면에서 대상을 낯설게 하는 것이라면, 그 과정에는 익숙한 것에서 낯선 것을 발견하는 한 사람의 고유한 주관성이 개입한다. 그렇게 볼 때 모든 소설은 쓰였다는 것만으로 이미 어느 정도는 낯선 것이다. 만약 성보경의 소설에서 익숙함을 느꼈다면, 그건 다음 두 가지 이유 때문일 것이다. 1970년대를 직접 경험한 독자이거나, 1970년대 문학에 익숙한 독자이거나.

살펴보면 이 소설집 고유의 낯섦은 앞서 언급한 우회로들이 당시의 시대적 상황에 즉각적으로 반응하며 발표된 것과 달리 반세기 가까이 지난 지금에 와서야 어린 순영의 시각과 목소리로 1970년대를 소환하는 데에서 찾을 수 있다. 소설이라는 공적 발화로 이야기되기까지의 50여 년의 시차는 완월동 연작이 낯이 익은 이유인 동시에 가장 낯선 지점이다. 창녕에서 나고 마산에서 자란 작가의 체험에서 비롯됐을 순영이라는 화자는 완월동 연작으로 진입하는 최단 경로인 셈이다. 그리고 여러 우회로와 최단 경로 사이에는 결코 좁혀질 수 없는 시간상의 단절이 자리하고 있다.

이러한 단절은 다음과 같은 물음을 제기한다. 어째서 오래되고 낡은 이야기는 동시대(contemporary) 소설로 쓰였는가. 어째서 오래되고 낡은 이야기는 동시대 소설로서 읽혀야 하는가. 전자는 소설가의 영역이고, 후자는 독자의 영역에 해당하는 물음이다. 텍스트 바깥을 겨냥한 물음인 전자는 첫 소설집 작가의 말에서 실마리를 찾을 수 있다. "쪼매만 참고 기둘리 보시요잉. 내가 새끼들 다 키우고 나서 임자들 힘든 생활 속 시원히 말해 줄 텐께요잉."(성보경, 「작가의 말」, 『국민교육헌장』, 문학들, 2017, 207쪽) 그러니까 당시에 발화되지 못했던 실제적인 이유가 있었던 것인데, 여기에는 '육아'나 '힘든 생활' 자체가 공적 발화의 장애 요소로 작용한다는 사실, 그들이 미래에도 여전히 힘든 생활에서 벗어나지 못할 것이라는 전망, 따라서 그러한 생활을 이어가는 계층이 공적 발화의 기회를 사회적으로 박탈당한 것과 같다는 인식이 전제되어 있음을 짐작해 볼 수 있다.

한편 독자의 영역에 던져진 후자의 물음은 소설 속에서 답을 찾아볼 수 있고, 문제의 중심에는 순영이 있다. 1인칭 관찰자인 순영 역시 낯선 화자가 아니다. 아버지 몰래 서부극을 섭렵해 나가는 엄마의 일탈에 "그러니까 엄마의 꿍꿍이는 예전에 봤던 영화 〈사랑방 손님과 어머니〉에 나오는 옥희처럼 내게 다리 역할을 하라는 거였다."(175쪽)라고 말하는 순영은 주요섭의 「사랑 손님과 어머니」를 상기시킨다. 「마지막 한 방」에서 칸트와 루소를 인용하며 대화를 나누는 아버지와 외삼촌을 못 하나 박을 줄 모르고 전구도 갈 줄 모르는 식자로 표현하는 대목은 채만식의 「치숙」을 떠올리게 한다. 커서 뭐가 되고 싶냐는 수녀의 질문에 "하고 싶은 대로 마음대로 하고 사는"(26쪽) 엄마라고 대답하거나 "가난한 학생에게 주는 배급용 옥수수빵을 시커멓게 때 앉은 손으로 먹고 있는 영우가 부럽고 부러웠다."(144쪽)고 말하는 등 어린 화자의 편협한 세계관과 인식에서 비롯한 몇몇 장면들은 쓴웃음을 유발하기도 하고, 반어적으로 읽히기도 한다.

순영은 어리숙한 관찰자의 역할을 하는 데 그치지 않고 비록 미숙한 관점이지만 나름의 깨달음을 얻기도 한다는 점에서 성장소설의 화자를 닮기도 했다. 그러나 순영의 서술이 오랜 시간이 흐른 뒤 성숙한 시점에서 어린 시절을 떠올리는 것이 아닌 까닭에 이 소설을 성장소설로 읽기에는 다소 무리가 따른다. "내 책상이 들어오는 날이다."(179쪽)라는 현재형 진술과 함께 "나는 아홉 살이 되었다."(180쪽)라고 말하는 대목은 서술 시점과 내용 사이의 시차가 길어야 2년임을 보여 준다. 이 밖에도 여러 대목에서 과거를 떠올리는 경우가 더러 보이지만, 「해 뜨는 집」을 제외한 작품에서 순영의 서술 시점은 모두 중학생 무렵인 1970년대 초반에 머물러 있다. 이 짧은 시간에도 소녀는 성숙할 수 있지만, 순영은 아직 세상 물정을 다 알 만큼 때가 묻지 않았다.

틈만 나면 국민교육헌장을 암송하는 순영의 행동은 이러한 미숙함과 관련이 있는 듯하다. 만일 국민교육헌장을 외는 것을 엄혹한 현실 제시로 단순하게 도식화한다면 1970년대 소설의 독법을 반복하는 것에 지나지 않는다. 「푸른 넥타이」의 마지막 장면을 보자. 금희는 아버지가 폐병으로 사망한 후 오빠의 학업을 위해 일본계 전자 회사에 취직한다. 그곳에서 일본인 현지처가 된 금희는 사위 자랑에 여념 없는 진도댁을 비롯한 마을 사람들의 기대와 달리 고단한 노동자의 삶을 이어갈 뿐이다. 순영은 금희가 아이를 가진 채 스스로 목숨을 끊은 뒤 화장터 굴뚝 연기 사이에서 얼핏 그녀의 모습을 보고 "그녀가 잇몸을 드러내고 활짝 웃었다. 앞니 하나가 빠져 있었다. 그래서 웃지 않았구나, 라고 나는 이해했다."라며 다소 천진한 앎에 다다른다. 그리고는 금희와 배 속 아이의 명복을 빌 듯 국민교육헌장을 암송한다. "'우리는 민족중흥의 역사적 사명을 띠고 이 땅에 태어났다'. 며칠만 참았더라면 역사적 사명을 띤 아기가 태어났을 텐데, 그 사이를 못 참고 쯧쯧."(32쪽)

군부독재의 산물이 민주주의의 원리를 담은 헌법 전문과 총강에 바탕하고 있는 것만으로도 충분히 역설적인데, 성장소설의 화자를 닮은 소녀가 무의식적으로 읊고 있으니 아이러니가 아닐 수 없다. 국민교육헌장은 국가가 공인하는 교육의 체계와 지향점을 요약한 것이니 이러한 세계에서의 성장은 국가가 필요로 하는 인간으로의 개조로 이해된다. 근대 소설에서 성숙의 개념이 세계와의 대결 속에서 타락을 동반한 것인 만큼 산업자본주의 시기의 성장은 당대의 공식화된 가치 체계를 받아들이는 과정으로서 세속화에 가까운 것이다. 이데올로기적 맹

목성은 그것이 충분히 이해되지 않았을 때에도 작동하며, 충분히 이해와 함께 그것으로부터 벗어났다고 확신하는 바로 그 순간에도 여전히 이데올로기적 환상 안에 있다는 데 있다. 국민교육헌장이 그러한 세속화의 이데올로기적 도구로 활용된 것은 여지 없는 사실이다.

그러나 순영에게 국민교육헌장은 그저 놀이 삼아 친구와 거꾸로 암송해 보는 유희이거나, 무섭고 불안할 때 혹은 친구에게 질투심이 일 때 감정을 다스리는 주문 같은 것일 뿐 별다른 교육적 효과를 보이지 않는다. 그 이유는 순영의 때 묻지 않음에서 찾을 수 있을 것이다. 순영은 "밥통은 이해불가"(「유도화가 핀 여름」, 『국민교육헌장』, 34쪽)라고 단언한 것만큼이나 교원노조 활동으로 옥살이를 한 이력이 있는 아버지를 이해하지 못한다. 불가해한 아버지에 대해 궁리한 끝에 "아버지는 자신이 유능했던 젊은 그 시절에 매몰되어 있는 것이다. 나는 드디어 정답을 찾았다. 내 머리가 빈 깡통이 아닌 것이 증명되었다."(「국민교육헌장」, 『국민교육헌장』, 74쪽)라고 말하는 장면은 이 순진한 화자의 몰이해를 역설적으로 강조한다. 그렇다면 유신의 상징인 헌장을 암송하는 한편 아버지의 영향 아래 유신체제를 비판하기도 하는 순영의 모습은 그저 미숙하고 순진한 아이의 인식 수준에서 그때그때 편의적으로 세계를 판단하는 데서 기인하는 것이 아닐까. 때로 우리는 이해할 수 없기에 있는 그대로를 보고 말할 수 있다. 성장기 소녀는 스펀지처럼 모든 것을 받아들일 준비가 되어 있는 한편 세계의 비정한 저의를 온전히 이해하지 못할 만큼 미숙하기에 거리낌 없이 국민교육헌장을 암송할 수 있는 것이다.

1970년대 말과 1980년대 한국 소설은 민주화의 분위기 속에 그동안 억압되었던 정치적 욕망이 분출되는 장소였다. 그곳에는 더 나은 우리를 위한 비판적 잣대와 그 잣대로 빚어낸 전망이 있었다. 비록 어두운 미래라 하더라도 전망은 한 개인의 삶을 넘어 공동체의 운명 전체를 조망한다는 점에서 유의미한 것이다. 하지만 그 전망이 제아무리 개인의 삶과 생활을 구체적으로 재현해 놓더라도 '나'는 '우리'의 거대한 역사적 도정 아래 매몰된 채 삭막하고 추상화된 도시의 시민이 될 수밖에 없다. 이러한 도시상은 자본가와 산업노동자라는 이분법적 대립을 통해 산업자본주의의 구조적 모순을 형상화하기 위함이고, 이 도시민의 개체성은 계급 갈등을 전면화한 서사에 희생되기 쉽다. 이로써 당시 문학의 과제인 정치적 소임은 다할지 모르나, 이분화된 계급 내에 들지 못한 소수 집단은 더욱 소외될 처지에 내몰리고 만다. 산업화가 고도화될수록 심해지는 양극화는 단순하게 중간 계층의 양적 증가로 이어지는 대신 계급 구분을 더욱 세밀하고 촘촘하게 구획한다. '나'보다는 '우리'에, 개인보다는 집단에 방점이 찍힌 사회에서 그러한 세밀한 구분을 포착하거나 진실을 누설하는 것은 어려운 일이다.

순영의 목소리를 통해 우리 앞에 나타난 완월동 연작에서 도시 노동자의 전형이라고 할 만한 인물을 찾아보기 어려운 것은 이 소설이 1970년대에 발표된 소설들과 결정적으로 단절되는 지점이다. 앞서 살펴본 금희가 수출자유지역의 생산직 노동자로 등장하지만, 그녀는 전형적인 계급 서사에 이용되거나 의식화를 거쳐 투사로 변모하는 대신 같은 동네 여동생의 친근한 눈길을 통해 평범하지만 단 한 명의 고유한 인간으로 비춰진다. 순영의 미성숙한 시야에 들어온 인물들 대개가 그런 식으로 1970년대의 전형에서 벗어나 있다. 그러나 그들 역시 그때를 살았고, 그들의 말과 행동은 당대의 시대적 모순을 개성 있게 체화하고 있다.

이러한 인물들은 범박하게나마 둘로 나눠 볼 수 있을 듯한데, 하나는 순영의 아버지를 비롯하여 새로운 시대에 적응하지 못하고 구시대적 관습 속에 살고 있는 강씨(「어쩌다 그런」)와 만석꾼 집안에서 태어나 격변기를 거치며 가세가 기우는 와중에도 한량처럼 살아가는 외삼촌(「마지막 한 방」) 등의 남성-가장 인물들로 전통적인 가부장의 권위를 상실해 가는 중이다.

지역 유지가 유일한 직업인 외삼촌은 의외로 여러 회사에서 서로 데려가려고 줄을 선 고학력 능력자다. 그는 좋은 일자리를 마다하고 놀고먹는 것을 삶의 목표로 지내다가 죽고 나서야 가족들에게 크게 한 방을 선사한다. 가세가 기울기는 했으나 망해도 삼대가 먹고 산다는 만석꾼의 자손이니 가능한 일일 것이다. 베트남전에 기술자로 참전해 통역 일을 하다 돌아온 그는 문물에는 밝지만 이재에는 어둡고, 자유로운 가치관을 갖고 있는 듯하면서도 무책임한 면을 동시에 갖고 있다. 일을 하지 않으니 가장의 권위도 땅에 떨어졌건만, 특유의 재담으로 이 소설집에서 가장 매력적인 인물 가운데 하나로 그려진다. 그건 외삼촌을 대하는 순영의 태도가 남달리 친밀한 까닭인데, 외숙모가 욕심 많고 그악스러운 인물로 비추어지는 것과 대조를 보인다. 베트남 현지처와 혼외 자식을 집에 들인 상황을 생각하면, 남편이 놀고먹는 동안 실제로 살림을 책임져 왔을 그녀를 대하는 순영의 시선은 의문으로 남는다.

이 의문은 순영이 관심을 갖는 또 다른 인물들이 여성-가장인 데서 조금 해소될 듯하다. 대체로 개항지와 수출자유지역이라는 마산의 특수한 환경에서 비롯한 배경을 가진 여성 인물들은 그악스러운 성격을 공유하고 있다. 이러한 성격은 주변 사람들로부터 누군가의 엄마로 지칭되면서 모성을 강요받는 동시에 자식들을 건사하는 가장의 역할까지 수행해야 하는 상황에서 불가피하게 취해야 했던 삶의 태도 탓이 크다. 「공동수돗가의 사람들」의 영우 엄마는 4·19 혁명 때 남편을 잃고 자식들을 키우기 위해 억척스럽게 일을 한다. 「도쿠 형님」의 해옥 엄마는 조선인 아버지와 일본인 어머니 사이에서 태어난 인물로 그녀의 아버지는 "왜놈에게 빌붙어 산 놈, 게다짝을 핥다 죽을 종놈"(131쪽)이라는 멸시를 동족으로부터 받고 살았고, 그녀 역시 비슷한 이유로 남편과 헤어진 뒤 홀몸으로 자식들을 키운다. 불쾌한 냄새를 내뿜는 스컹크처럼 이들의 억척은 뒤에서 오가는 동네 사람들의 험담과 무성한 소문으로부터 자신을 지키기 위한 최소한의 자기방어다.

「젖보살」의 미순 엄마와 할머니는 제각기 본인의 의사와 무관하게 '남편 잡아먹은 년', '화냥년' 소릴 듣는 신세가 된 이후 남은 가족의 생계를 이어가기 위해 사창가의 포주 노릇을 하며 살아간다. 미순과 어울리지 말라는 엄마의 당부에도 순영은 신탄진을 피우며 손녀에게 젖을 내주고 엉덩이를 토닥거리는 할머니에게 이끌려 종종 미순의 집을 찾는다. 그리고 미순 아버지가 죽게 된 경위와 일본군 '위안부'로 끌려간 할머니의 사연을 우연히 듣게 된다. 할머니는 태평양 전쟁의 막바지, 불리한 전황에 후퇴하는 일본군을 따라 필리핀 어느 섬의 동굴에 피신해 있을 때 다치고 배를 곯는 병사들에게 젖을 나눠 준 사연을 담담히 이야기한다. "그랬제. 그 후로 먹을 것이 있으면 나를 먼저 챙겨 주더라. ……요즘 세상에야 왜놈한테 젖을 줬다고 나한테 돌을 던질지 몰라도 그때는 왜놈이든 미국 놈이든 상관 안 했니라. 다 굶주린 내 새끼 같았데이."(105쪽) 이어서 자식 때문에 이러고 산다는 미순 엄마의 말에 할머니는 "여자는 죽는 날까지 엄마여야 하니라. 모성을 버리모 짐승만도 못 하제."(105쪽)라고 대꾸한다. 이들의 사연은 그들이 어쩌다 사창가 포주가 되었는지를 정당화하기 위해 제시되는 것은 아니다. 오히려 이 장면에서 부각되는 것은 "있는 그대로의 모습"(90쪽)을 눈에 담으려는 소녀의 시각이다.

모성이 여성의 생득적 본능이라는 할머니의 말은 오랫동안 자연스레 받아들여져 온 통념이었으나, 지난 50여 년 사이 생명과학과 여성주의 연구를 통해 점차 부정되기 시작했다. 다른 성 역할과 마찬가지로 모성 역시 사회적 학습의 결과라는 것이 보편성을 얻고 있는 지금의 관점에서 할머니의 여성관은 다소 보수적인 면이 없지 않다. 한편으로는 순영의 때 묻지 않은 시선으로 비교적 투명하게 우리 눈앞에 제시된 할머니의 증언은 인간적인 이해와 공감을 불러일으키며 설득력을 가진다. 세태에 휩쓸려 난파하는 와중에도 어떻게든 살아 보려는 노력으로 엄마는 아빠가 되어야 했고, 제 아이를 안아 본 적 없는 할머니는 엄마가 되어야 했던 아이러니를 어떤 시각에서 바라보아야 정당할까. 그리고 당시에는 문제시되지 않던 것들이 지금의 관점에서 문제가 될 때, 당시에는 자연스러웠던 관념들이 지금은 문제시될 때 우리는 그들의 삶을 어떻게 이해해야 할까. 이런 의문들은 비단 이 소설이 긴 시차를 두고 이야기되었기 때문은 아닐 것이다. 어떤 문제는 여전히 지속되고, 또 어떤 것들은 다시금 반복된다.

　객관적인 전달자로서 있는 그대로를 보고자 하는 순영의 면모는 뜻밖에도 반면교사로 삼은 외삼촌의 영향을 은연중에 받은 것으로 짐작된다. 철없는 외삼촌의 고상한 취미 가운데 하나는 피사체를 "있는 그대로"(73쪽) 카메라에 담는 것이다. 그런 삼촌을 이해하지 못하는 순영에게 엄마는 "신기해서 안 그라나. 본인이 고생을 해 봤어야지."(73쪽)라고 답해 준다. 순영은 "신기해서 그런 거라면 힘없고 가난한 사람에 대한 모욕"(74쪽)이라고 생각하면서도 곧장 삼촌의 다른 일면을 떠올린다. 아홉 살 무렵, 순영이 변소에 빠져 똥물을 뒤집어쓰고서 울 때에도 외삼촌은 그 모습을 카메라에 담았다. 순영이 더욱 크게 울자 삼촌은 "뚝 그쳐! 그깟 일로 울어. 넌 살았잖아!"(75쪽)라며 처음으로 조카에게 화를 낸다. 다음 날 그는 순영에게 베트남에서 미군의 폭격으로 무력하게 죽어간 나이 어린 여성 군인들의 이야기를 들려준다. 아무것도 하지 않은 채로 해먹에 누워 그 참극을 그저 지켜만 보았다는 외삼촌은 아마 그때의 기억으로 위악적이리만큼 아무것도 하지 않는 삶을 살기로 마음먹은 것인지도 모른다. 하지만 아홉 살 무렵의 기억이니 순영이 외삼촌의 이야기를 깊이 이해했거나, 그로부터 뭔가를 크게 배웠을 리는 만무하다. 그럼에도 그 기억을 떠올린 건, 어떤 장면들은 의식적으로 기억하지 않아도 이해할 수 없다는 이유만으로 무의식의 한구석에 똬리를 틀고 끊임없이 물음표를 띄우기 때문일 것이다.

　그때부터 소녀는 미성숙으로 인해 이해할 수 없는 삶의 면면들을 있는 모습 그대로 기억 속에 붙잡아 두려고 했던 것일까. 다시 완월동을 마주한 장면으로 되돌아가 보자. 이 연작의 실질적인 시작인 「해 뜨는 집」은 다른 작품과 달리 소설 속에 2년이라는 시간 체험이 감지된다. 아홉 살 순영에게 완월동은 더는 낯선 도시가 아니다. 순영이 불쑥 낯선 도시의 첫인상을 떠올리게 된 것은 그 무렵 외삼촌으로부터 바다 건너 어딘가에서 죽어간 여성 군인들의 이야기를 들은 까닭이 아니었을까. 그 까닭 모를 긴장과 멀미는 머지않아 닥칠 동생의 죽음에 대한 불가해한 예감이 아니었을까.

순영은 미숙함으로 인해 성숙한 어른의 편향적 인식과 성급한 이해로부터 자유로울 수 있고, 그 덕분에 우리는 고단한 일상을 살아가는 인물들의 이야기를 보다 투명한 시선으로 마주하게 된다. 그럼에도 한 사람의 기억이라는 점에서는 온전히 투명할 수는 없을 것이다. 순영의 시선이 50여 년 전의 기억에서 건져 올린 장면들은 긴 공백에도 여전히 성숙하지 못한 채로 그 시간에 그대로 멈춰 있는 무의식이자, 그 장소에 보존된 모순들의 불가해함이다. 그러한 기억이 독자와 만날 때 그것은 더는 반백 년 전의 풍경이 아니라, 지금의 현실이다. 여전히 해결되지 않은 채로 남아 있는 세계의 불가해함. 이 소설의 익숙함은 낯익은 소재와 배경에서 오는 것이 아니라, 지금 우리가 살고 있는 현재에서 오는지도 모른다. 어쩌면 그곳은 이미 지금이었는지도. 그런 이유로 순영은 여전히 1970년대에 머물며 이해할 수 없는 것들을 납득할 때까지 곱씹고 있을지도 모른다. 그러다 불쑥 시간을 건너뛰어 세월에 훼손되지 않은 채로 지금 우리 앞에 모습을 드러낼 것이다. 마치 오래전 동생이 헌 이불 사이에 숨겨둔 인형이 불쑥 모습을 드러냈듯이.

얼마 전 고향에 갔다. 고향 집 주소가 사라지고 없었다. 작은 시가 통폐합되어 기존의 도시명이 없어진 것이다. 그곳에서 이십여 년을 산 기억이 사라진 것 같아 쓸쓸했다. 찬란하면서도 두려웠던 1970년대, 내 청춘을 보낸 유신 시대, 도시 한복판에 서서 그때를 소환했다.

하지 못한 말, 할 수 없었던 말,
어리다고 씨알도 먹히지 않았던 말, 어른들 눈치만 보았던 일.
이제 '어르신'이 되었으니 이야기해 보려 한다.
'라떼'라고 할지 모르지만
'뉴트로'나 '레트로'라고 해 두자.

2020년대
지금, 여기, 곳곳에서

무늬만 다를 뿐 그 당시 일들은 여전히 일어나고 있다.

소설 쓰는 손이 점점 느려진다. 분발해야겠다.

누군가 말했다. 사람을 살게 하는 쌀 같은 소설을 쓰고 싶다고. 나
도 그렇다.

하나 덧붙이면, 사람을 살게 하는 집 같은 소설을 쓰고 싶다.

2021년 12월

성보경

# 어쩌면 지금

성보경 연작소설

초판1쇄 찍은 날 | 2021년 12월 13일
초판1쇄 펴낸 날 | 2021년 12월 16일

지은이 | 성보경
펴낸이 | 송광룡
펴낸곳 | 문학들
등록 | 2005년 8월 24일 제 2005 1-2호
주소 | 61489 광주광역시 동구 천변우로 487(학동) 2층
전화 | 062-651-6968
팩스 | 062-651-9690
전자우편 | munhakdle@hanmail.net
블로그 | blog.naver.com/munhakdlesimmian
값 12,000원

ISBN 979-11-91277-32-6  03810

• 이 책은 ⚡광주광역시 · ┏┓광주문화재단 의
  GWANGJU CITY      Gwangju Cultural Foundation
  2021년도 지역문화예술육성지원사업으로 지원받아 발간되었습니다.